君は空のかなた

葉 山 透

幻冬舎文庫

君は空のかなた

君は空のかなた

目次

プロローグ

二宮竜胆《にのみやりんどう》の家に大きなパラボラアンテナがやってきたのは七歳の夏休みだった。

その日、梅雨が明けた夏空はどこまでも青く、照りつける陽射しの中、蝉の声が幾重にも重なっていた。

骨組みだけでできているような大きなパラボラアンテナは、小学生の竜胆の背丈よりも高かった。

これはなに？ と聞くと、父は誇らしげにアマチュア無線の道具だよ、と言った。母はあまりいい顔をしていなかったが、父のはしゃぎようにあきらめたようすだった。

空に向けられたアンテナを見て、竜胆が飛行機と無線をするのと聞くと、父は竜胆の頭をなでて言う。

「いや、これは地球の裏側の人と話すための装置なんだよ」

竜胆は不思議に思った。だったらアンテナは地面に向いていないといけないんじゃないかと思ったからだ。

青空に浮かぶ白い月を指さして父は言った。月に電波を反射させて地球の裏側と通信するのだそうだ。ＥＭＥ通信というらしい。

壮大な話に竜胆は目を輝かせた。

しかし実際に通信機を使っているようすは竜胆の期待に応えるものではなかった。アマチュア無線を使い、機材に向かって英語で話している父の姿はいつもと変わらず、違うと言えば相手の返答が少し遅いということくらいだ。

ほどなく竜胆はＥＭＥ通信から興味が失せた。ただ庭にある大きなパラボラアンテナは好きだった。

なによりも骨組みのような構造は、公園から危険だと撤去されてしまったばかりのジャングルジムに似ていた。父から触るなと言われていたが、留守番を頼まれているときは隙を見て骨組みに足をかけて登った。家に小さなジャングルジムがある。それはとても素敵なことだった。

その日の夜も帰りが遅くなるという両親の言葉に安心し、一人登って遊んでいた。しかし金具が緩んでしまったのか、アンテナは突然、がくっと傾き竜胆は転げ落ちてしまった。

幸い怪我はなかったものの竜胆は青くなった。傾いたアンテナを戻そうとしたが、七歳の力ではパラボラアンテナをうまく戻すことはできなかった。

それでも懐中電灯を頼りになんとか形だけは整えると、急いで父の書斎に行きＥＭＥ通信用のパソコンの電源を入れる。

　大好きな父を怒らせるのは悲しかったし、母は竜胆がアンテナから落ちたと聞いたらそれを理由に撤去しろと言うだろう。これがなくなるのも、自分のせいで父を落胆させるのも嫌だった。

　アマチュア無線用の古いパソコンは起動が遅く、いつ母が帰ってくるかとはらはらした。早く通信用のソフトを立ち上げ、パラボラアンテナが大丈夫かどうか確かめたかった。何をどうすればいいのかは父の操作を見て覚えている。

　はたして正常に電波を送受信できるかどうか。

「こんにちは。誰か聞こえますか？　ただいまアンテナのチェックをしています」

　ヘッドホンをしてマイクに向かって話してみる。少し考えて英語で同じことを言った。相手は地球の裏側だ。

　しかしヘッドホンから聞こえてくるのは雑音ばかりだ。

　泣きそうになりながら通信ソフトをいじっていると、雑音の中からなんとか声のようなものが聞こえてきた。

「やった」

　ほっとしたが雑音が多いのが気になる。それに何を言っているのだろう。よく聞いてみると、英語やフランス語、中国語らしきもの、他にもいくつか知らない言語を話していた。

しかし何を言っているのか、すぐに知ることになった。日本語が聞こえてきたのだ。

『地球のみなさん、私はいま木星のそばにいます。誰かいませんか？　地球のみなさん、私はいま木星のそばにいます。誰かいませんか？　地球のみなさん、私はいま……』

竜胆は驚く。いま相手は木星のそばにいると言った。人類は月より先に行ったことはないはずだ。

竜胆がとまどっていると書斎の本棚にある本の中から、『ＵＦＯと宇宙人』という背表紙が目に飛び込んできた。もしかしたら、この通信の相手は宇宙人なのだろうか。突拍子もない考えに思えたが、さまざまな言語で地球に呼びかけているのもそれなら納得がいく。

「聞こえます！　あなたの声が聞こえます！」

前のめりになってマイクに向かう。

しかし返事はなかった。それは当然だろう。月に反射させて通信するのも80万キロの距離があり、電波は２・６秒のタイムラグがある。

木星ともなれば往復一時間半だ。

一時間半後には宇宙人からの返事が来るかもしれない。竜胆はこれ以上ないほど興奮していた。

窓から身を乗り出して夜空を見る。東京の真ん中では星はまばらだったが、明るい一等星を擁する夏の大三角形と、さそり座のアンタレス、そしてその近くに夜空で一番明るく輝く白い星——木星が見えた。

自分の名前や場所を言ったほうがいいだろうか。宇宙人からはどんな返事がくるだろうか。友好的な宇宙人なら絶対会ってみたい。いや、SF映画に出てくるような侵略をしにきた宇宙人だったら？　居場所を教えたら危険だろう。でも、一生懸命語りかけてくる言葉の感じは敵には思えない……。いろいろな考えが浮かんでは消えていく。

そのせいで注意力が散漫になっていた。母親が帰ってきていたのに気づかなかったのだ。

「ダメでしょ、パパの書斎に入っちゃ……」

母が絶句したのは竜胆の格好を見たからだ。パラボラアンテナから落ちた拍子に、服は破れ手足からは血が出ていた。

結局アンテナを壊したことは父にばれて、こっぴどく怒られてしまった。そのあと父は母に怒られた。あんなものがあるから子供が危険な遊びをするのだと。竜胆は泣いて頼んだが、EME通信用のパラボラアンテナは撤去されてしまった。

「宇宙人と交信したんだよ。本当だよ。きっと返事がくるよ。お願い、だから壊さないで」

そんな竜胆の体験と願いは一笑に付され聞き入れてもらえず、宇宙人からの返事を聞く機会は失われてしまった。

――宇宙人さん、ごめんなさい。

泣きながら竜胆は何度も心の中で謝る。自分がこんなにも返信を聞きたいのと同じように、交信した宇宙人も返事を待っているかもしれないと思うと、己の不手際で通信手段を無くしてしまったことに申し訳ない気持ちでいっぱいになった。

――僕が大きくなったら絶対、アンテナを立てるから。絶対返事を受信するから。

竜胆は涙をぬぐい、星空を見上げた。

はくちょう座のデネブ、わし座のアルタイル、こと座のベガ。夏の夜空に輝く大三角形。その下には赤く輝くさそり座のアンタレス。指で星をなぞりながら、最後に竜胆の指がとまるのは、一番輝く木星だ。

いつの間にか涙はとまっていた。この星空の彼方に宇宙人がいる。そう思うだけで心が躍った。

第一章　君は君をさがしてる

1

「ほんとに、ここ？」

老舗《しにせ》のファッション雑誌『ＬｉＬＩ』の廃刊が決まり、編集部員達は系列会社の各部署へと転属になった。

園田《そのだ》雛子《ひなこ》もそのうちの一人だった。

新たに決まった配属先の編集部が入っている雑居ビルを前に、雛子は不安な気持ちでいっぱいになる。金貸しや飲み屋の看板が並ぶ猥雑な街並み。真夏のうだるような暑さと一緒にどこからかただよってくる生ごみの臭い、丸々と太ったカラス。

つい先週まで雛子がいたのは街路樹が茂った綺麗な街並みの青山。目に付く看板は横文字の洋菓子店や高級ブランドやセレクトショップ。編集部はそんな場所によく似合うガラス張りの小洒落《こじゃれ》た建物だった。

しかしいま目の前にあるのは、昭和に取り残されたかのような灰色のコンクリートの五階建てだ。

一階は居酒屋で二階は雀荘、三階はマンガ喫茶。目的の編集部は四階にあった。ほとんど目立たず、入り口の小さな案内板を見落としていたら編集部のあるビルだとは気づかなかっただろう。

「うわあ……」

うめき声ともため息ともつかない声がこぼれる。

「まちがいないよね」

住所と編集部名が書かれた紙と目の前のビルの案内板に視線を往復させた。

幻想社アトランティス編集部。

何度見ても同じだ。

狭い入り口の前で立ち尽くしていると、耳に麻雀の点棒を挟んだガラの悪そうなTシャツ短パンの中年の男性が、雛子を一瞥《いちべつ》して急な階段を上っていく。朝っぱらから雀荘に行くのだろうか。

このビルが仕事場なのかと思うと少し憂鬱な気分になる。いや、もうすでにかなり憂鬱だ。だからといって辞めるなんて選択肢はない。大学を出て、憧れの出版社に入って二年目。まだ半人前の自分はとにかく与えられた職場でがんばるしかない。

いつの間にかうなだれていたことに気づき、慌てて顔を上げた。

天を仰ぐとビルの間から青い空が見える。初出社の日が晴れただけでも幸先がいいとしよう。

「よし！」

日傘を畳んでビルに入る。

たった四階なのにやたらと時間がかかるエレベーターに乗り、月刊アトランティス編集部と書かれたドアの前に立つ。

一呼吸置いてから、思い切ってドアを開けた。

「おはようございます。本日付でアトランティス編集部に配属されました園田雛子と申します。若輩者ですが、よろしくお願いします」

そう言って勢いよく頭を下げた。最後はご指導ご鞭撻《べんたつ》のほどよろしくお願いいたしますと言うべきだったかと思ったが、緊張して言うタイミングを逸してしまった。

頭を下げて十数秒経過した。あまりにも静かで、なんの反応も返ってこないのでおそるおそる頭を上げる。

まったく反応がない理由はすぐにわかった。十席ほどある机と椅子には誰の姿もない。部屋の半分は物置のようにダンボールや椅子が雑多に積まれている。

誰もいない部屋の前でしばし呆然としていると、背後から粗暴な声が聞こえてきた。

「どけよ。入れないだろうが」

「あ、はい、すみません」

慌てて飛び退《の》くと、後ろにいたのはさっきビルの前ですれ違った点棒を耳に挟んだ中年男性だった。我が物顔で、編集部にずかずかと入っていく。

男はそのまま一番奥の大きな机の席に座った。場所から判断するに編集長か、この部署で一番偉い人間が座る場所だ。

つい先日までいた職場の編集長の席には、常に7センチヒールの、耳にパールのピアスをつけた女性編集長が座っていた。

「おまえ誰だ？」

いまそこには、ビニールのサンダルを履き、耳に点棒を挟んだ、無愛想な中年男性が座っていた。


壁にかけられたホワイトボードを見て、以前の職場より編集者の数ははるかに少ないことがわかった。

編集長以外は金本《かなもと》と篠塚《しのづか》という正社員の男性と、事務をかねた編集のバイトが二名。他にも契約の編集者はいるが出社は不定期のようだ。

鍵もかけない非常識な編集部なのかと聞くに聞けないまま、問いかけてみる。

「あの、編集長」

「ああん？」

中年の男は編集長と呼んだら返事をしたので、認めたくないが編集長なのだろう。

「私の席はどこでしょうか？」

「適当なとこ使えや」

面倒くさそうに答えにもならない答えを返された。

早くも折れそうな心をなんとか立て直し、末席近くの一番物が載っていない机を選ぶ。

机の上の物を遠慮がちにどかし、引き出しの中のよくわからない紙くずやファイルをダンボールの中に入れ、ペンやメモ用紙や付箋《ふせん》を引き出しの一番上にしまう。

新入りは電話番も必須だから、電話を置こうとしたが隣の席にしかない。隣の席は誰か使っているのかもわからないので、しかたなく隣の席と自分の席の境界線に置いた。

しかし紙とペンと電話とＦＡＸで雑誌が作れたのは前世紀の話だ。

再度編集長に尋ねる。

「あ、あのう、私の業務用のパソコンはどこに……というか、どれを使えばよろしいでしょうか」

ないと言われたらどうしようかと思ったが、

「右横の席にあんだろ。それ使え。いまは誰も使ってない」

と一応返事があった。

だが、仕事用のメールアドレスの作成の件など、何一つ指示がない。

ゆとり世代の雛子は、それでも指示待ちゆとり新人と思われたくない一心で、とりあえずパソコンを立ち上げてみた。やたらとうるさい古びたパソコンの画面には「Ｗｉｎｄｏｗｓ95」と見たことのないロゴが浮かび上がる。いままでの編集部はＭａｃだったし、大学で使っていたパソコンのＯＳはＷｉｎｄｏｗｓ７だった。

インターフェースが違いすぎて使い方がわからないので、自分のスマホで検索した。骨董品のようなパソコン。セキュリティは大丈夫なのだろうか。重い画像データやカラーページの校正原稿を読み込めるのだろうか。

たぶん無理な気がする。いや、絶対無理。

一流のカメラマンとモデルが作り出す美しいカラーグラビアも、新発売のコスメが宝石箱のように配置された記事も、外国の空気感まで伝わってくるインテリアページも、ここにはない。

小さい字で大量に掲載されるメーカー名と値段の校正作業は地獄だったし、校了前はいつも終電だった。でも、大好きな雑誌を作れる充実感でつらいと思ったことはなかった。雑用から仕事を覚え、ようやく自分の企画も通り始めたのに。

前の職場のズラッと並んだＭａｃの銀色の輝きとは程遠い、安っぽい灰色のプラスティックのパソコンを前に、雛子は軽く涙目になった。

2

どうにか自分の席を作り、デスクの体裁を整えたあと、雛子が雑誌『アトランティス』で中年の編集長から受けた最初の仕事は、やはり彼女がいままでしてきた仕事とはかけ離れたものだった。

「ＵＦＯにさらわれたガキのインタビューを取ってこい」

雛子はしばし返事をすることを忘れた。

「……はい？」

「聞こえなかったか。ＵＦＯにさらわれたガキの証言だ。インタビューだよ」

配属されて一日目、正確には一時間目の人間にやらせることではない気がする。

「ＵＦＯにさらわれた少年ですか……」

薄ぼんやりと思い浮かべたのは、去年のミラノコレクションで見たＵＦＯを題材にした奇抜なファッションだ。新進気鋭のデザイナーのショーではよくある奇抜なデザインの中でも、あれはなかなか面白かった。

少し考えて疑問が生まれたので問うてみる。

「さらわれた少年のインタビューをどうやって取るんですか？」

「バカかおまえは。帰ってきたに決まってるだろ。ガキがさらわれてるＵＦＯまで行けなんて、そんな非常識な命令するわけないだろうが。ちっとは頭使え」

非常識という点ではどちらも一緒ではなかろうか。そう言いたかったがぐっとこらえた。

「さらわれたのはいつなんでしょうか？　帰ってきたのは？」

「ああ、さらわれたのは二年前。帰ってきたのはそれから一ヵ月後らしい」

「なぜ今になってインタビューするんですか？」

「投稿があったんだ。同級生が宇宙人にさらわれたって」

そう言って封筒を取り出した。雛子は渡された封筒の消印を見て愕然《がくぜん》とする。

「これ、二年以上前に届いたものじゃないですか」

「だからさらわれたのは二年前って言ってるだろうが。書類の間にまぎれていたんだ。しかたないだろう」

堂々と開き直る態度は、ある意味感心してしまう。まるでこちらが悪いことを言った気持ちになってしまうのはなぜだろう。

「二年以上前の情報じゃ、もしかしたら連絡取れないかもしれませんね」

できれば取れないでほしい。内心はそう願っていた。

中の手紙を読むと、ますますその思いは強くなった。過剰に煽《あお》る文体で書かれた内容をざっくりまとめるとこうだ。

同級生の名前は二宮竜胆。優秀な生徒だったが、ある日突然学校に来なくなり、一ヵ月後再び登校してきたときにはすっかり人が変わっていた。一ヵ月間なにをしていたのかと聞いてもUFOにさらわれたとしか答えない。そしてまたすぐに登校しなくなった。

いわゆる不登校ではなかろうか。

「どう思う？」

「あ、ええと、にわかには信じがたいというか……。あ、高校生なんですね」

手紙には高校一年と書かれている。二年たったいまでは十七歳か十八歳か。

「学校に来なくなったのは、変わった子だから、いじめとか受けてたんでしょうか」

「はあ？　おまえバカか？　誰がそんなこと聞いた。こいつのインタビューを面白おかしく書けそうかって聞いてるんだ」

「それは本人の話を聞いてみるまではなんとも」

編集長はわざとらしいくらいに長々とため息をつくと、一言。

「おまえつかえねえな」

そこまで言われ、雛子の負けん気が頭をもたげてきた。すばらしい記事を書いて、脂ギッシュな顔を驚かせてやりたいと思った。

「いい記事になるようにがんばります」

「いい記事じゃねえ。面白い記事だ。わかったな」

「はい」

雛子は軽く頭を下げると、自分の席に戻ろうとする。

「あ、ちょっと待て。さすがにそれだけじゃ記事にするの弱いな」

編集長はしばらく難しい顔をしていたが、急に明るい表情になって手をぽんと叩いた。何かを思いついたとき本当に手のひらをこぶしで叩く人を初めて見た。

「そうだ。UFOにさらわれた人間特集にしよう。これならいけるんじゃねえか。な、おまえもそう思うだろ」

まったく同意できないが、反論できるわけもない。

「特集って、他にもそういう投稿があるんですか？」

　質問をはぐらかしながら問い返す。

「たぶんあるんじゃねえか」

　編集長が誰もいない机の上に置いてあるダンボールを指さす。中を覗いてみると手紙やハガキやらがごちゃごちゃに入っていた。

「これは？」

「読者の投稿だよ。幽霊見たとか超能力があるとかそんな内容ばっかりだ。探せば何人か宇宙人にさらわれたってやつも出てくるだろ」

「わかりました。で、どのあたりがＵＦＯ関係の投稿ですか」

「そんなの自分で探せ」

　これで話は終わりだとばかりに編集長は手を振って雛子を遠ざける。しかたなくダンボールの中を見ると、ざっと数百通はあった。

　途方にくれている雛子に、

「大丈夫？」

　と声をかけてきてくれた男性がいた。

「あ、はじめまして。わたくし、このたびＬｉＬＩの廃刊にともないこちらに……」

「知ってるよ。園田雛子さんでしょ。そんなにかしこまらなくていいよ。君のことは聞いてる。ＬｉＬＩの編集長だった斉藤さんは同期なんだ」

そう言って笑う男性は、淡いブルーのシャツにきちんとプレスされたパンツをはいている。やっと現れたまともそうな人物。斉藤編集長と同期ということは四十代の頼れるベテランだろう。

「そうなんですか。斉藤編集長には大変お世話になりました」

「金本邦彦《くにひこ》です。これからよろしく」

真夏に清涼感のあるファッションはこの年代の男性にはなかなか難しいものだが、こなれた感じに着こなしている。前の編集長と同期で、いまだに付き合いがあるというのも納得できた。

「こんなところで戸惑うことも多いと思うけど、がんばってね」

「あ、ありがとうございます。若輩者ですが、ご指導ご鞭撻のほど、よろしくお願いいたします」

「あはは、だからそんなにかしこまらなくていいよ」

ようやく交わせたまっとうな挨拶に雛子は安堵《あんど》する。だが、金本の次の言葉は無情だった。

「しかしいきなりＵＦＯにさらわれた人の記事か。日本はＵＦＯの誘拐《ゆうかい》例は少ないからね。一通あったら御の字、二通あったら奇跡、三通あったら異常だよ」

しかし三通はないと編集長の言う特集にするには難しいだろう。優しそうな顔と優しい声で厳しい現実を口にする。

「そうなんですか。でも、と、とにかくまずは探してみます」

弱音を吐いてはいられない。

お世話になった先輩は、袋綴じに女性のヌードが満載の雑誌に配属されたし、仲の良かった一つ違いの同僚は、ルールも知らないのに麻雀マンガ専門誌に配属された。

それでも皆、いつか自分が作りたい雑誌を作るための、いい経験になると前向きにとらえよう、だから雛子もがんばって、と笑って言ってくれた。

ヒヨッコの雛子ちゃん、と可愛がってくれた先輩たちのためにも、がんばろうと思う。自分は本当にまだヒヨッコだ。一人前の編集者になるために、無駄な経験はないだろう。

「まずはUFOの記事、がんばろう！」

うでまくりをしてダンボールから最初の一通を取り出した。

雛子はいくつか誤解をしていた。

ダンボールいっぱいの手紙がある。それは怪しい雑誌なりに、マニアックな読者が多くついているから投稿の手紙が頻繁に届き、ダンボールいっぱいになっているのだと思った。しかし十年以上昔の消印のものが交じっていた。つまり十年で数百通。一年で数十通、ひと月に数通という割合になる。

「十年もほっぽらかしって……」

さらに前の編集部に届いた手紙との落差も激しい。

『LiLI』のアンケートや投稿は、もうスマホかパソコンからしか受け付けていないが、そこは女性雑誌ゆえ、手紙がまったくこないわけではない。特に人気モデルへのファンレターはよく届いた。みんな選び抜いたセンスのよい便箋と封筒で送られてくる。

しかし目の前にある投稿の手紙は、年賀ハガキの余りモノや、そっけない茶封筒。宛先が鉛筆で書いてあるものも多々あり、御中などという文字は望むべくもない。封筒ののり付けが適当ではみ出ていて、他のハガキに張り付いているものまである始末。中は便箋ではなくやぶったノートやメモ用紙。

最初に編集長から渡された高校生の手紙は、その中では字も綺麗だし、かなりまともなほうだった。

「が、がんばろう」

今日何度目になるかわからない心の折れる音は聞こえないことにする。

初日だからと張り切って着てきた淡いピンクのワンピースが汚れていくのも見えないことにする。

ハンカチをマスク代わりにし、三時間かけて、すべての手紙を整理した。ジャンルごとに年代順に並べ、輪ゴムで留める。一番多いのは幽霊の目撃情報で、次が超能力。ＵＦＯのたぐいはあまりない。

整理が終わったらＵＦＯの目撃談についても調べてみる。参考にしたのは月刊アトランティスのバックナンバーだ。編集部で唯一まともに整理されている本棚から一冊抜き取った。

日本と海外、とくに北米や欧州とではＵＦＯの目撃談の傾向は異なるというのが面白かった。日本の目撃情報のほとんどは空に謎の光が浮いていたというものだ。対して北米や欧州では宇宙人そのものの目撃や、ＵＦＯにさらわれたと証言する人が多かった。

「へえ、日本と欧米でＵＦＯに違いなんてあるんだ」

興味がない雛子でも面白く最後まで読めてしまった。

次のページの前世の記憶を辿る方法特集も面白く読み、その後の守護霊との交信方法まで読みかけ、慌てて自分の仕事を思い出す。

ＵＦＯ、いまはＵＦＯ。

整理した手紙に戻り、ＵＦＯ関係を読んでいく。

その中でさらわれたという内容の投稿が二通だけあった。どちらも比較的新しい。去年と半年前だ。

二通ともハガキだ。一枚は雑誌についているアンケートハガキで、もう一枚は一般的な郵便はがきだ。

「うわっ……」

他の封筒からはみ出たのりでくっついているのを丁寧にはがし、なんとか綺麗にした。見つかった二通は多いのか少ないのか。最初に編集長に見せられた一通と合わせて三通。金本の言葉を思い返せば、異常な多さということになる。

不慣れなジャンルでの初仕事、自信があるといえば嘘になるが、インタビューそのものに苦手意識はない。街頭でのファッションスナップや読者モデルの記事など、初対面の一般の人に声をかける仕事は多かった。

自分の席に戻り、取材のアポイントメントを取るため電話をかける。

が、一件目は料金の未払いで使用停止、もう一件は二回かけてみたが不在。最初の高校生からの投稿は、さらわれたという友人、二宮竜胆の住所氏名が勝手に書いてあるものの、投稿者本人は名前しか書いていない。

「だめ、こんなことで萎《な》えちゃだめ」

自分に言い聞かせる。電話で連絡が取れないなら直接行ってみるしかない。

「どうやってまわろうかな」

近藤博之《こんどうひろゆき》、菅原大輔《すがわらだいすけ》、二宮竜胆。三人の住所をグーグルマップに表示し、計画を立てる。

「どう、できそう？」

心配になったのか金本が途中で様子を見に来てくれた。

「あ、見てください。三通もありました」

三通の手紙を誇らしげに見せると、金本はよほど驚いたのか目を大きく見開いた。

「へえ、そんなにあったんだ」

「でも電話が通じないので、直接行ってみようかと思ってるんです」

「え、いきなり大丈夫？」

「大丈夫です。こう見えても私インタビューは得意なほうなんですよ」

配属されたばかりなのだから、少しはガッツのあるところを見せたいし、編集長はともかく金本にはよい印象を持ってほしい。最初からできませんとは言いたくなかった。

「そうは言っても、今までみたいに素性のはっきりした人とロビーや会議室で会うんじゃないんだよ。一般の見知らぬ男性の家にいきなり押しかけるんだから」

金本の言うことはもっともだ。名の通ったファッション雑誌は恵まれていたのだと思う。

そこまで思い至らなかった自分は本当にまだまだだ。しかし、まだまだだと思ったからこそ、多少理不尽でもやってみたいという気持ちが湧いてきた。

「ありがとうございます。できるだけ気をつけます。とりあえず、行ってみてインターホン越しに確認だけでもしてみます。平日ですから不在の確率が高いと思いますし」

「うん、わかった。でも本当に気をつけてね」

会社のプリンターで申し訳ないけど、と金本が即席で作ってくれた名刺を十枚持って、雛子はうだるような暑さの中、地下鉄の駅に向かった。

3

「ああ、そこに住んでた近藤さん？　宇宙人にさらわれちゃったよ」

金返せとスプレーで書かれたボロアパートのドアの前で立ち尽くしていると、隣の部屋のドアが開いて、やつれた女性が驚愕の内容を口にした。ただし口調は蚊に刺されたと言っている程度。

「えーと、その、さらわれたんですか？　宇宙人に？」

そのため雛子の反応も鈍くなる。どうにも間抜けな会話だ。

「そうなのよ。口癖のように宇宙人にさらわれるって言っててね。ある日家財道具一式もろともどこかに消えちゃったわけ」

それはいわゆる夜逃げというものではないか。金の返済を求める督促状の張り紙を見ながら、雛子は深々とため息をついた。

電話が止められているのも納得だ。

しかしこんな状況に置かれた人と関わるのは怖かったので、取材できない落胆よりも安堵の気持ちのほうが大きい。編集長への言い訳、もとい報告のため、玄関先の写真をこっそり携帯のカメラに収める。

しかし用意した菓子折りの一つが無駄になったのは痛い。投稿者のインタビューごときに手土産など必要ないというのが編集長の弁。したがって菓子折り代は自腹だ。

「いやいや、まだたった一人駄目になっただけじゃない」

三人のうちの一人というのは頭の片隅に追いやり、次の目的地に向かうべく、日傘を差し今度はJRの駅に向かった。

二人目の投稿者、菅原大輔が住むアパートは電車でさほど遠くなかった。エクセレントハイツは、完全に名前負けしているものの、一人目のアパートよりも少しだけ新しく少しだけ立派だ。

しかしインターホンはない。呼び鈴しかなく、インターホン越しに尋ねるという計画は使えなかった。

菅原大輔の部屋は１０４号室。

緊張しながら呼び鈴を押す。できれば出てほしくなかったが、しばらくしてドアが開く。

三十歳前後だろうか、疲れた表情をした男性が出てきた。

「なに？　あんた」

じろりと無遠慮な眼差しを雛子に向かって投げてくる。突然の訪問なのだからしかたない。

雛子はできるだけにこやかな笑顔を見せる。

「突然の訪問失礼いたします。私、月刊アトランティスの編集者で園田雛子と申します。菅原大輔様はご在宅でしょうか？」

「俺だけど。アトランティス？　なに、宗教の勧誘？」

投稿したのに誌名を覚えていないあたり、期待はできそうにない。

「いえ、月刊アトランティスという雑誌の編集者です。以前、アトランティスに投稿されたことがあると思います。本日はそちらの件についてお伺いいたしたく、訪問させていただきました」

もう一度ゆっくり言い直し、名刺を丁寧に両手で差し出した。

菅原は名刺のロゴを見て思い出したのか、小さく、ああ、と言って名刺をポケットに無造作につっこんだ。

「そういえばずいぶん前に出したな。いまさらインタビューに来たの？　投稿したの去年だよ。どんなの考えたか忘れちゃったよ。来る前に電話くらいしてよ。こっちにも都合ってものがあるんだから」

考えたことを忘れたとはどういう意味なのか。インタビューする前から悪ふざけのフィクションだと自白されてしまった。

「申し訳ありません。今日、何度かお電話はしたんですが……」

「ああ、何度も鳴らしてたの、あんたなのか。昼寝の邪魔するなよ」

来る前に電話しろと言ったその口が言うか。

雛子は金本の、今までの相手とは違うんだよという言葉を思い返す。同時に一番悪いのはあの編集長だという結論で、なんとか自分を落ち着かせた。

「申し訳ありません。菅原さんのお手紙の内容は、ＵＦＯと遭遇し宇宙人にさらわれたというものでした」

「ああ、そうだったかな。そうそう、そんな内容だった」

どこまでも曖昧《あいまい》な言い方だ。

「いただいた手紙はこのようなものです」

らちが明かないのでバッグの中からハガキを取り出す。のりでべとついていて、手に張り付かないように持ったら、まるで水戸黄門の印籠《いんろう》を見せるような持ち方になってしまった。

「え、あ、それは……」

ずっと面倒くさそうな顔をしていた菅原の顔色が突然変わる。

「これは菅原さんが投稿してくださったお手紙ですよね？」

念のため確認するが首をはげしく左右に振られた。

「知らねえ。そんなのは知らねえよ」

切羽詰まった声で否定された。でっち上げの内容の投稿をしたことが、いまになって怖くなったなんてことではなさそうだ。だいたい年下の若い女に問いただされたところで怖いはずがない。この動揺ぶりに怖くなっているのはむしろ雛子のほうだ。

一瞬見せるハガキを間違ったかと思ったが、雛子にはハガキの表面、編集部の住所や差出人である菅原の名前が見えているから、菅原には自分の書いたＵＦＯにさらわれたという文面が見えている。まちがっていないはずだ。

「え、でもこのおハガキにはあなたのお名前が書いてあります」

なぜだろうか。菅原の表情がますます青ざめる。

「知らねえって言ってんだろ!」

「え、でもこのハガキの差出人はこの部屋の……」

「知らねえって言ってるだろうがっ!」

あまりの剣幕に驚いた雛子はとっさにあとずさり、つまずいて、しりもちをついてしまう。その拍子にバッグの中身が散らばってしまった。

しかし菅原はそんな雛子を気遣うこともせず、ドアを閉めてカギをかけてしまう。

「な、なんなの……」

雛子は慌てて足下に散らばっているものをバッグに詰め込んでその場を離れた。足が止まったのは人通りの多い駅前についてからだ。

「どういうことなの、あれ」

肩で息をしながら、何が起こったのか思い出してみる。菅原が突然怒ったのはおそらくハガキを見せたからだ。

ただそれのどこが菅原の逆鱗《げきりん》に触れたのかわからない。

もしかしていまになってＵＦＯにさらわれたという話を投稿したのが恥ずかしくなったと

か。昔の行いを思い出し、布団の中で恥ずかしさにもだえるようなものだろうか。

さんざん考えたが、雛子が思いつくのはそれくらいだった。だとしても、あの態度はあまりにもあんまりだ。

「最後の一人はまともだといいけど」

そうであってほしい。このままではアトランティスの読者は全員まともでないと思い込んでしまいそうだ。

気持ちが沈むと足取りまで重くなる。包装が二重になっていた手土産のお菓子が汚れなかったのはありがたいが、せっかく作ってもらった残りの名刺のほとんどが地面に散らばって汚れてしまい、使えなくなってしまった。


UFOにさらわれた少年、二宮竜胆の家の前で、雛子は驚いていた。

今までの二軒とはまるっきり違う。住所からもある程度はわかっていたが、有名なお屋敷街で、綺麗に手入れされた庭と家が並ぶ。その中でもひときわ大きく瀟洒《しょうしゃ》な家は豪邸と言っても差し支えないものだ。

二宮という表札の前で、先の二軒とは真逆の緊張に包まれる。立派なインターホンを押すとお手伝いさんが出て、事情を話すと案外あっさりと母親に取り次いでくれた。

挨拶をし取材の旨を話しながら、こんないいおうちのお坊ちゃんが取材など受けるはずがないなと雛子はほとんどあきらめていた。

『息子はいまここにいません』

予想通り、二宮竜胆の母親がつきはなすように言う。

平日の昼間だ。高校生なら家にいないのが普通だろうし、怪しげな雑誌の取材を親に警戒されるのも当然だ。

『雑誌の記者の方が、息子になんの用なの？』

「ＵＦＯの取材で来ました。息子さんのご友人からの紹介で……」

インターホンをブチッと切られることを覚悟で言ったが、なぜか母親が息を呑む音が聞こえる。

『……お入りください』

わけがわからないまま、自動で開いた門を通り、玄関にたどりつく。玄関のポーチに母親が立っていた。

美しい顔立ちをしている。さらりと着ているワンピースが実はハイブランドのものなのは、元ファッション雑誌の編集者の雛子にはすぐわかった。玄関先まで出るためのミュールもジ

ミー　チュウの新作だ。綺麗にまとめられた髪からネイルが施された爪の先まで隙がない。

五十代の、絵に描いたようなマダムは、一枚だけ汚れていなかった名刺を差し出す雛子を、値踏みするような眼差しで見る。

「月刊アトランティス……。UFOの取材って言ったわね」

「はい。あの、決して実名を出すようなことはしません。ご都合に合わせますし日も改めます。学校におしかけるようなことも、もちろんいたしません」

学校と聞いた母親の表情が一瞬険しくなった気がした。

「ちょっと待っていてくださる？」

家の奥に戻ってしまった母親の後ろ姿に、UFOと聞いてなぜ会ってくれたのか、さらに念押しまでされたことを不思議に思う。普通はふざけるなと言われるところだと思うのだが。

戻ってきた母親の手には一枚のメモがあった。

「息子はそこで一人暮らしをしています。あの子は電話を持っていません。書いてある電話番号とメールアドレスは私の携帯です」

メモ用紙を指さし言う。

「もし息子に会えたら私に報告してください。それが住所を教える条件です。あなたなら息子は会うかもしれません」

母親の言葉の意味がよくわからない。込み入った事情がありそうだということはわかるから、聞くにも聞きにくい。言葉を探しているうちに、

「それでは失礼いたします」

玄関の奥に母親が消える。

「あっ……」

雛子は手に持っていた菓子折りを渡しそびれたことに気づいた。

4

「うわあ……」

建物を見て二の句がつげなくなるのは今日何度目だろう。

親の住む家から裕福なのは想像できたが、目の前のマンションは高校生が一人で住むような場所ではなかった。

高さ100メートル超のタワーマンション。部屋番号から察するに二宮竜胆が住んでいる部屋は最上階になる。

「どうやったら高校生がこんなところに住めるの？」

自分のしがない1Kの部屋を思い出すとむなしくなる。

「眺めも良さそう」

賃貸だろうか分譲だろうか。どちらにしてもバカ高いことはたしかだ。

インターホンを鳴らす前に深呼吸をする。ここも駄目なら三連敗だ。企画倒れになるし、税抜き千二百円のお茶菓子三個も無駄になる。

「大丈夫、今度こそ大丈夫。三度目の正直よ。二度あることはなんてことわざは存在しない」

インターホンを鳴らすと十数秒後、スピーカーから若い男の、しかし覇気のない声が聞こえてきた。

『誰？』

無愛想な言葉に面食らう。

いきなり誰はないんじゃないか。高校生とはいえ最低限の礼節というものはあるだろう。

いいところのお坊ちゃんだと期待していただけに、落胆は大きい。

「突然の訪問申し訳ありません。私、幻想社の園田雛子と申します。弊社の雑誌、アトランティスのUFO特集の取材で参りました」

しばらく無言が続く。やはり怪しすぎて警戒されているのだろうか。

「あの、幻想社の園田と申します。こちらは二宮竜胆様のお宅でまちがいありませんか？」

『…………お姉さんは人間？　それとも宇宙人？』

しばらくして返ってきた答えは、まったく予想外のものだった。

「はい？」

『宇宙人か人間かって聞いてるの。UFOって言ったよね？　本当は宇宙人だったりしない？　チョキ見せてよ。じゃんけんのチョキ』

不信感たっぷりに尋ねてきた。またもや外れの予感がする。まさかの三連敗。UFOにさらわれた人間はみんなろくでもないのか。それともさらわれてろくでもない人間になったのか。

「これでいいですか」

インターホンのモニターに向かってチョキと笑顔を見せる。

『違う。Vサインのチョキじゃなくて田舎チョキだよ』

「田舎チョキ、ですか？」

たしかこういうのだっただろうか。自信がないまま親指と人差し指でチョキを作ってモニターの前にかざした。

『なんだ人間か』

その言葉を最後にインターホンの通話が切れた。

「え、あれ？」

機嫌を損ねるような返事をしてしまったのだろうか。しかしいまの短い会話の中で、機嫌を損ねてしまいそうなものはなかったはずだ。

もう一度、インターホンを押す。

『なんの用？　人間には興味ないんだけど』

少年の言動は謎すぎた。どうやら人間不信らしい。今日散々な目にあった雛子はほんの少しその気持ちがわかった。

「アポイントメントもなしに申し訳ありません。二年前にＵＦＯにさらわれたことについて取材したくお伺いいたしました。よろしければ近くのカフェで詳しいお話をお聞かせくださいませんか」

『やだ。僕は外に出ない』

強い拒絶の声が返ってきた。

「ご面倒でしたら、このマンションのロビーでお話を……」

これだけ立派なマンションだ。オートロックの向こう側のロビーには共用施設の椅子やテーブルがあるに違いない。もしかしてコンシェルジュもいてコーヒーの一つも出してくれるサービスがあるかもしれない。

『嫌だって言ってるだろ。僕は絶対この部屋から一歩も出ないよ』

強い意志を感じさせる言葉だ。ただし言っていることは情けないが。

もしかしてヒキコモリなのか。加えて人間不信。

「お願いします。UFOにさらわれた人たちの特集記事なんです。もう三件目で……」

『え？　UFOにさらわれた人たちに会ってきたの？』

「はい。会ってきました」

『ほんとに？』

少年の言葉が急に熱を帯びる。手ごたえを感じた雛子は力強くうなずく。一人だけだが、しかも作り話だったが、そこは嘘も方便だ。

『……わかった。いいよ。でも僕は部屋から出たくないから、お姉さんのほうが僕の部屋に上がってきてくれる？　いまロックを開けるから』

ほぼ同時にオートロックの自動ドアが左右に開いた。

行っていいものかどうか迷った末、思い切って行ってみることにした。

エレベーターで最上階まで上がる。

部屋の前まで行くとインターホンのボタンを押す。

「入ってきていいよ」

中から声が聞こえた。おそるおそるドアを開けると、まだ日は高いのに薄暗い廊下が目に入った。分厚いカーテンを閉めているのだろう。そして立ちふさがるように立っている少年の姿が一つ。

用心のためドアは開けたまま、目の前の少年、二宮竜胆を見る。

身長は170センチ前後で着ている服の上からでも線が細いのがわかった。顔はよくわからない。真夏だというのにパーカーのフードを目深にかぶっていて、さらにうつむき気味で顔が半分以上隠れているからだ。しかし暑くはないだろう。ドアが開いた瞬間、涼しいを通り越して寒いと言いたくなるような冷気が部屋の中からあふれ出していた。

「念のためもう一回チョキ見せて」

両手をパーカーのポケットに突っ込んだまま、わずかに見える口元は不機嫌そうだ。

「はい、これでいいですか？」

チョキを作って見せると、刺すような眼差しが雛子の手に注がれた。そして露骨な舌打ち。

「人間がなんの用？　ほんとにＵＦＯにさらわれた人に会ってきたの？」

まるで宇宙人以外用はないと言っているように聞こえた。まったくカケラも歓迎されていない。

「月刊アトランティスという雑誌はご存じでしょうか」

名刺を出して渡そうとしたところで、即席の名刺は汚れてしまい、残っているのは以前の職場のものだと気づき慌てて引っ込めた。

少年は頭をかきながら答える。

「もちろん知ってるよ。創刊号は一九七三年秋号、そのころはまだ季刊誌で、月刊誌になったのはそれから三年後。心霊界からＵＭＡ、オーパーツに宇宙人に謎の妖精、とにかくなんでもあり。昔から真偽の怪しい情報を多く載せていたことから、オカルト誌としての質はいまいち。ただ清廉で質が高ければ生き残れるってわけじゃない。一九九九年、今年こそノストラダムスの大予言通り世界が滅びると煽っておきながら、来年の定期購読の案内を堂々と載せてたのはマニアの間じゃいまだに伝説のネタ。数あるオカルト雑誌が消えていくなか、月刊アトランティスはいまだに生き残り続け、あと少しで創刊五〇〇号を迎えようとしている。その程度しか知らないけど」

雛子も知らない情報が竜胆の口から次々と出てきた。

「そ、それだけ詳しく知っていただけているなんて、こ、光栄です」

しかし次に竜胆の口から飛び出た言葉は、いくら雛子でもとっさに返事をすることができないものだった。

「お姉さん新人？　昨日か今日配属されてきたって感じだね。ファッション雑誌からオカルト誌に異動なんて、畑違いすぎて何していいかわからないんじゃない？」

しばらく動きが硬直する。

「あ、ああ。お母様から連絡があったんですか？」

母親とはそんな話はしていないが、心配した母親が編集部に電話して確かめたのかもしれない。

「ないよ。僕は電話持ってないし、あの人とは二年以上話してない」

「え、でも……」

「いま名刺渡そうとして引っ込めたでしょう。名刺があるのに渡せないってことは、以前の職場のかなって。いまの職場の名刺がないってことは、部署が変わって間もないんじゃないかって思ったんだよ。そのわりにお姉さん取材慣れしてるみたいだから前もそういう部署にいたんじゃないかって思っただけ。あとはお金持ってなさそうなわりにはいいもの着てるから、じゃあファッション関係じゃないかって連想しただけだよ。買い取りのものとかあるんでしょ」

初出社だからと張り切って着てきたワンピースは、竜胆の言う通り、撮影でシミがつき買い取ったスタイリストさんから譲ってもらったものだ。しかし高校生の男の子が一瞬で見抜けるほどわかりやすいものではないし、名刺を出したときの躊躇《ちゅうちょ》も一瞬だったのに、少年の観察力にちょっと感心してしまった。

「よく見ていらっしゃるんですね」

「観察は大事だよ。地球人と宇宙人を見分けなくちゃならないんだから」

それでインターホンのやりとりか。一瞬でも感心したのがばかばかしくなる。

二年以上母親と話していないということのほうが気になった。母親の様子といい、この子は本物の変人でパーフェクトなヒキコモリなのだろうか。

ドアの内側に入らないように用心するが、目の前の少年からは危なそうな気配もしない。むしろ彼も雛子に近寄らないようにしている感じだ。

「それで取材ってどういうの？」

「はい、二宮さんが……」

「苗字はやめて。嫌いなんだ。竜胆でいいよ」

「わ、わかりました。では竜胆さんが宇宙人にさらわれたときの体験談を聞かせてください」

　やっとだ。三人目にしてやっとインタビューができそうだ。雛子の心に少しだけ安堵が生まれた。

「僕が宇宙人にさらわれた？　なんのこと？」

　しかしその安堵は一瞬にして崩壊する。

「え、あの、宇宙人にさらわれたことがあると、ご友人が……」

「ないよ」

　竜胆はあっさりきっぱり言い返す。

「え、でも、投稿された手紙には……」

　雛子はおそるおそる投稿された手紙を竜胆に渡した。

「高校の友達？　誰か知らないけど、高校にはほとんど行ってないから友達なんかいないよ。ああ、ずいぶん尾ひれがついちゃったみたいだね」

　手紙を返しながら竜胆は苦笑混じりに言う。

「僕は宇宙人にアブダクトされたことなんてないよ。ただ交信したことがあるだけ」

　アブダクトとは文脈から察するに誘拐のことだろう。

「交信しただけですか」

「うん、もう十年も前の話だけどね」

ということは小学生のときの話だろうか。

「あの、交信はどういう形でしたんでしょうか？」

「普通に電波だよ」

「電波？」

「うん、電波で」

竜胆の顔はしごくまともだった。嘘や冗談を言っている様子は微塵もなかった。

「宇宙人と交信しただけなのに、どこでどう話が広がって宇宙人にさらわれたことになるのか。噂ってのは怖いね」

一瞬でも頭のいいまともな子かもと思ったのは間違いだった。ＵＦＯオタクの残念なヒキコモリ少年で、取材三連敗確定。

「すごく立派なところに住んでいるんですね」

話についていけそうにないので、とりあえず別の話題をはさんでみる。

「宇宙人と交信しようと思ったらできるだけ高いところが理想的でしょ。このマンションは日本でも有数の高さだからね。コンタクトを取る場所としては悪くない」

しかし竜胆はそれを許してくれず、あっさり軌道修正された。

「ええと……この部屋少し寒すぎませんか？　暑がりってわけではなさそうだけどどうして？　エアコン壊れてるとか？」

もう一度宇宙人から話題をそらす。目の前の竜胆もわざわざパーカーを着ているくらいだ。夏服の雛子は完全に寒い。むき出しの二の腕をさすった。

「なぜって簡単なことだよ。宇宙人は寒いほうを好むんだ」

あえなく宇宙人に戻された。

「宇宙人には地球の気候は暑すぎるんだ。知らないの？」

呆《ほう》けている雛子に竜胆はたたみかけるように言う。

「あ、ええと、そうね。そういえばそうでした。ウルトラセブンも寒さに弱かったですもんね」

必死にいままでの知識と過去の記憶を総動員して、なんとか宇宙人と寒さの単語が結びつくものを見つけた自分を褒めたい。

「寒さに弱いんじゃなくて寒いほうが好きなんだよ。人の話ちゃんと聞いてる？　あとウルトラセブンってなに？」

必死の努力の結果がこれか。

「ああ、思い出した。ウルトラマンの兄弟だね。映画にそんな描写あったっけ。もしかしてずっと昔の特撮テレビのほう？　お姉さんって見た目より年とってるの？」

「とってません！　二十四です」

思わずムキになったが、咳払い一つして気持ちを立て直す。しかしすぐに恐ろしい考えが頭をよぎった。

「高校生から見たら二十四って年とってる？」

「別に。たった七歳しか違わないよ」

高校生と七歳差。そう言われるとなぜか自分がとても年をとったように思える。

「お姉さん、他にも宇宙人にさらわれた人と会ってきたの？　いいな。いいな。うらやましいな」

「宇宙人にさらって欲しそうに聞こえるんですが」

ずっとけだるげな竜胆の目が大きく見開かれた。

「どうしてわかったの！」

どうしてわからないと思うのか。

「お姉さん、もしかしてバカなふりして本当は宇宙人じゃないの？」

「そんなわけないから。さっきチョキで見分けたんでしょ？」

こんな子供相手に敬語を使っているのがばかばかしくなった。インターホンの前でやったようにチョキを再び見せる。

「これってどういう意味があるの？」

「人間と宇宙人を見分ける方法だよ」

竜胆はためらいがちに答える。まだ疑っているのだろうか。

雛子は自分のチョキの手をじっと見るが、どうして判別できるのかどれだけ考えてもわからなかった。

眉根をよせて悩む姿を見かねてか、竜胆が説明してきた。

「知っての通り、宇宙人の指は三本なんだ」

一般常識のように語られても困る。

「宇宙人は人間そっくりのかぶり物を着て一般社会に溶け込んでいる。でも宇宙人の指は三本だから五指は操れない。薬指と小指、人差し指と中指が連動して動く構造なんだ。だから人差し指と中指を立てるVサインのチョキは作れても、人差し指だけ立てる田舎チョキは作れない」

雛子は怪訝《けげん》な顔でチョキと竜胆の顔を見比べた。宇宙人に会いたい竜胆は、だから雛子が宇宙人でないとわかると不機嫌になったのか。

竜胆は説明し終わると不機嫌な表情で吐き捨てるように言う。

「ふん、どうせお姉さんも、僕の言ってることなんてくだらないって……」

「それならメロイックサインのほうがいいんじゃないかな？」

「メロイックサイン……？　え、どういうこと？」

竜胆は思いがけない言葉を聞いたのか、驚いた声で雛子に問いかけてきた。

「だって田舎チョキじゃ判別方法として欠点があるもの。手袋で人差し指と親指だけ自由なタイプのものがあるよね。中指薬指小指は一緒の部分に入って、人差し指と親指だけ独立しているスリーフィンガータイプの。宇宙人のかぶり物の構造がこれなら、田舎チョキができちゃう。でもメロイックサインならほら、これは再現できない」

両手で人差し指と小指だけ立てるポーズをする。これはこれで写真の定番ポーズだ。

竜胆は右手で田舎チョキを、左手でメロイックサインを作り見比べている。

「これなら竜胆君が言った構造じゃできないから、今度からメロイックサインしてって言ってみたらどう？」

「メロイックサインって言われて、すぐできる人なんてほとんどいないよ。僕も初めて聞いた」

「あ、そ、そうかな？」

田舎チョキだってすぐできる人は少ないと言い返したかった。

「ああ、でも、そうか、メロイックサインか。お姉さんの指摘はもっともだ。田舎チョキの欠点には気づかなかった。ありがとう。お姉さん、バカそうに見えて賢いんだね。すごいよ、画期的な方法だ」

竜胆の声は嬉しそうに弾んでいて、本気で誉めていることは伝わってきたので、バカそうに見えるというワードは気にしないことにする。

「こんな画期的な方法をすぐ思いつくなんて！　お姉さんも、もしかして宇宙人にさらわれたい人なの？」

断じて違う。仲間を見るような目で見られても困る。

「え、ええと私は怖いから遠慮しておくわ。では、竜胆くんが宇宙人にさらわれたときの話を……じゃなくて、宇宙人と交信したときの話を聞かせてもらえますか？」

このまま手ぶらで帰れない。取材の名目がたつことを一つでもしておかないと。

「もちろん、いいよ」

竜胆は快諾すると、十年前のことを話し始めた。

竜胆の話はそれほど長くはなかった。父が使っていたアンテナが宇宙人のメッセージを受信したというのは、不思議とありえそうな内容だった。

ただありえそうなだけに宇宙人にさらわれたというインパクトに比べると薄い。あの編集長は満足してくれるだろうか。

「これで取材はおしまい？」

竜胆はまだ話したりないという雰囲気だった。

「ええ。たくさんお話を聞かせてくれてありがとう。とても……」

面白かったと言おうとして迷う。興味深かったというのも、違う気がする。

「うん、僕は話せて楽しかったよ。まじめに聞いてくれてありがとう」

心の内を見透かされたような言葉に、雛子はいたたまれない気持ちになってしまう。

「お父さんだけだったんだ。信じてくれたのは」

懐かしむ口調は悲しげで、この少年が持つ繊細な部分が垣間見えた気がした。

アンテナを設置した父親は中学一年のとき病気で亡くなったと、話の途中でちらりと出てきた。この変わり者の少年のたった一人の理解者だったのだろう。

「さっき言われた通り、私はまだ入ったばっかりなの。今日のことが記事になるかどうかわからないけど、なったら掲載誌を送るね。もし記事ができたら竜胆君のおかげです。本当にありがとう」

少し感傷的な気持ちになりつつ、ボイスレコーダーをとめようとする。その手を竜胆が制止した。

「僕の用件が終わってないよ」

「え？」

「お姉さん、宇宙人にアブダクトされた人たちに会ってきたんでしょ？　聞かせてよ、その話。だからお姉さんが人間でもうちにあげたんだよ。うらやましいな。いいな、いいな」

竜胆の能天気な声に感傷的な気持ちが吹き飛ぶ。

「ねえ、前の二人はどんな人たちだった？」

「ええと、個人情報にかかわることだから……」

目を輝かせる竜胆に本当のことを言うのは、はばかられた。なんとかうまくごまかせないものか。

「っていうか、よく二人ってわかったわね」

「ここで三件目って言ったのはお姉さんだよ。どうやって知り合ったの？」

逃げられそうにない。観念した雛子はボイスレコーダーをバッグにしまい、バッグの中を手で探る。

「実はね」

少しもったいぶってから、バッグの中からハガキを取り出した。

「他にも投稿のハガキがあったの。うちの編集部にたくさん届いたものの中から厳選したのよ。取材の詳しい内容や名前は言えないけど、ほら、こんなに」

竜胆のことを書いた手紙以外、たった二枚しかないハガキをこんなにと言うのもどうかと思ったので、たくさん届いた中から選んだと、つい話を盛ってしまった。

「厳選した投稿がハガキなの？」

「え、ええ、見逃せない情報が……」

しかしどう取り繕おうと所詮はメッキ。いざ目の前に差し出そうとして、竜胆の手紙以外ハガキが一枚しか見当たらないことに気づいた。

「あれ、もう一枚は……」

二枚のハガキがのりで張り付いて一枚になっていることに気づいたときには、竜胆もそうとうしらけた顔をしていた。

なんともしまらない気持ちになりながらハガキをはがし、

「ほら、こんなに」

と同じことを繰り返す。

雛子をじっと見つめる少年の視線が痛い。

「手紙の内容、読んでもいい？」

竜胆の申し出に雛子は迷ったが、裏面だけなら個人情報に関することは書いていない。

「そうね。文面を見るだけなら」

竜胆は雛子から渡されたハガキの文面をしげしげと見る。

「この人……」

竜胆が眉をひそめたのは菅原のハガキのほうだ。

「どうしたの？」

「字がへたくそだね」

そこか。

もっとUFOだ、宇宙人だとはしゃぐかと思ったのだが、竜胆は一通り読んで興味をなくしたのか、またくっつかないようにハガキの裏をパタパタと乾かしながら雛子に返した。

「今日はありがとう。記事にするとき、確認してもらうこともあるかもしれないので、よかったら連絡先教えてくれる？　これ、私の名刺。汚れててごめんね。転んじゃって」

「読めればいいよ。僕は電話ないからメルアドしかないけど」

雛子の手帳にさらさらと書かれたアルファベットと数字はとても綺麗な字だった。丁寧に閉じて雛子のほうに向け直して手帳を返す。変人で残念な子だが、こういうふとしたことが、根の素直さと育ちの良さを感じさせた。

しかし、竜胆の別れ際の言葉は奇妙なものだった。

「気をつけて。もしかしたらお姉さんの周りで変なことが起きるかもしれない。つじつまがあわない奇妙なこととか」

眼差しにひるんでしまうほど、竜胆は真剣な顔をしている。突然の言葉に雛子も思わず身構えてしまう。

「え？　ど、どうして？　どういうこと？」

「ＵＦＯにさらわれた人や事件を調べてるんでしょ。宇宙人は皆友好的ってわけじゃないからね」

そうだった。この子は本物の電波ちゃんで残念な子だった。

「わ、わかった。宇宙人にもし会えたら真っ先に報告する」

曖昧な笑顔でドアを閉めようとして、手に持っている袋に気づいた。

「あ、忘れてた。これお土産。お菓子です。なんなら二つどうぞ」

初めて手土産を渡せることが嬉しくて、満面の笑みで意気揚々と差し出す。

「いらない。甘い物嫌いだから」

笑顔が引きつった。

5

雛子が編集部で手土産用のお菓子をやけ食いしていると、金本が心配そうに話しかけてきた。

「いったいどうしたの？」

「やけ食いです。さんざんな目にあったし、お菓子は全部無駄になったし、経費じゃ落ちないし、もうやけ食いしかないじゃないですか」

十個入りのうちの六つ目をペットボトルのお茶と一緒に流し込む。

「そ、そう。直帰するって聞いてたけど、社に帰ってきたんだね」

「直帰するには早い時間に終わってしまったんです」

三カ所ともろくにインタビューは取れなかった。当然の結果だ。

「僕が一箱いただこうかな。いくら？」

「え、いいんですか？　千二百円です」

即答する。消費税分くらいはサービスしよう、と、とても小さな大らかな気持ちになる。

金本は苦笑しつつ財布を出した。

「スペインから上陸したばかりの人気のお菓子ですよ。よかったらお一つどうぞ」

「ありがとう。でも僕は甘い物が苦手でね」

「え、そんな、苦手なのに一箱買っていただくのは悪いですよ」

財布にお金をしまいながら雛子は申し訳なさそうにする。今月の経済状況は逼迫《ひっぱく》していた。

「妻や娘にあげるから大丈夫。僕と違って甘い物が好きなんだ。明日は篠塚君とバイトの青木君が出社するから、残りの一箱は挨拶がてら二人に食べてもらえばいいんじゃないかな」

「おい、いつまで食ってるんだ。さっさと経過報告をしろ」

いろいろ気遣ってくれる金本とは正反対に、編集長が文句を言ってくる。

雛子はうかない顔で三人の取材の経緯を説明した。

一人は会えず、もう一人は取り合ってもらえなかった。唯一インタビューができた竜胆は、宇宙人にさらわれていないという。

「以上の経緯から取材になりませんでした」

雛子がことの顚末《てんまつ》を伝えると、編集長は眉間に皺を寄せる。

「そうか。まあいい。ともかく今日中に記事にしろ」

「え、あの、私の説明が下手でした？　まともにインタビューできたのは一人で、その一人さえ……」

「そうか、ならタイトルはこうだ。宇宙人の侵略はすでに始まっている。口を固く閉ざすエイリアンアブダクションの生還者達」

「そうは言っても」

「書きようがあるだろうが。内容なんてどうでもいいんだ。読者の興味を引く煽り文句を並べてな。どうせ読んでるほうだって信じちゃいない」

「そんな」

編集長が強くテーブルを叩く。

「なにお高くとまってやがる。だいたいおめえら女性雑誌だって付録商法だろうが。コラボなんて名目で百均で売ってそうな安物にロゴだけつけて売りつけやがって。内容がどうのって言えた義理か」

そう言われると返す言葉もない。ファッション誌は雑誌の内容より付録がものを言うのは女性なら誰もが知っている。ここの編集長が知っていたのは意外だったが。

「もういい、おおい金本。手あいてるか？」

「あいてません」

「よしわかった。じゃあ夜までにこいつのインタビューを記事にしろ。先輩の手本ってやつを見せてやれ」

「すみません。金本さんの手を煩わせてしまって」

雛子が何度も頭を下げると、金本は軽く手を振って気にするなと言ってくれた。

「ああ、いいよいいよ。編集長の無茶はいつものことだから。今日のはまだマシなほうだ」

雛子が今日のインタビューの内容をかいつまんで話すと、

「なるほどなるほど、それは大変だったね。最初の仕事でそれじゃ気も滅入ったでしょう。三人目までよくがんばったね」

金本はそれを聞きながら記事を書き、さらに心のケアまで同時に器用にこなした。雛子が話し終わって十分もしないうちに金本は記事を書き終えていた。

「ほら園田さん、こういうふうに書くんだよ」

一人目は行方不明、二人目は宇宙人の名を出したとたんインタビューを拒否し、三人目は一歩も外に出られないほど宇宙人に支配されてしまった。

嘘は書いていない。憶測は憶測として書き、事実を多少誇張して書いているだけだ。ただし事実を伝える記事とは言えない文章だ。

「こういうの、書けそう？」

「難しいかもしれません」

「うーん、古巣と比べるとこういうのを書くのは抵抗あると思うんだけど、こういうの書けないと厳しいよ」

金本は困った顔で優しくさとす。

「ああ、違うんです。素直に金本さんの文章力がすごいなって思ったんです。話の広げ方も無理がないし、とても勉強になりました」

「ははは、それは褒めすぎだよ。園田さんだって初日から突撃取材を三件もしたんだから根性あるよ。どう、やっていけそう？」

「はい、なんとか、いえ、大丈夫です」

力強くうなずいてみせる。中高時代は陸上部だった。大学もサークルとは名ばかりのほぼ体育会系スキー部だった。

就職の面接で、

『ずっと体育会だったの？　じゃあ体力は自信ある？』

と聞かれ、

『あります。でももっと自信があるのは、上からの理不尽に耐えられるところです』

と答えたくらい、体育会系の体質が身に染みついている。

しかし苦難は続く。

作業を始めようとした矢先に、適当にあてがわれた雛子のパソコンでは編集用のエディターが動かないことが判明した。ハードもOSも古すぎるのだ。結局、新たなパソコンを受け取って新たに設定し直して作業が始められるようになるまで一時間のロス。

金本が作ってくれた原稿を土台に、悪戦苦闘しながらなんとか記事を書こうとした。宇宙人の誘拐に関する専門用語、エイリアンアブダクションやアブダクティ、インプラント、コンタクティ等々、それともこれは業界用語なんだろうか。ともかく初めて使う言葉ばかりだ。

途中一度だけ編集長が書きかけの原稿をのぞきに来た。

「ふん、まあまあか」

口の悪い編集長の思いがけない言葉。小さな自信が胸の内に点《とも》る。

「よし、がんばるぞ」

両手で拳を作って、小さくガッツポーズをする。今日は厄日だったが終わりよければすべてよし。

と、雛子はこのときまだそう思っていた。

6

「遅くなっちゃった」

なんとか記事がまとまったころには終業時間をとっくに過ぎていた。ちなみに編集長命令で残業するのでなければ、残業代は出ないと言われた。そういう編集長は気づいたときには帰っていたが。

終電間近の電車を乗り継ぎ、マンションへの帰路につく。勤め先が変わったので、通勤時間は少し長くなった。電車も混むので自宅の最寄り駅に着いたときにはもうへとへとになっていた。通販の支払いをコンビニでしたかったが、そんな気力もない。

足早に街灯で照らされた道を歩く。昼間はさほど気にならないが夜遅くになると極端に人通りが少なくなる。

住んでいる女性専用のマンションは駅から徒歩十分の場所で、立地条件を考えるとなかなか破格の家賃だったが、今日のような日は少しだけ後悔してしまう。

しばらく歩いていると、後ろから足音が近づいてきた。雛子の歩くペースより速いのか、足音は徐々に大きくなる。

他に人影もない。胸騒ぎがする。

思い切って振り返った。

十数メートル離れた街灯の下に、長身の男が立っている。黒いスーツに黒いネクタイ、黒い靴。夜だというのに黒いサングラスまでしている。あきらかに怪しい人物だった。

雛子はきびすを返したが、その動きが止まったのは黒ずくめの男が懐に手を入れるのが見えたからだ。取り出したものが街灯の明かりを鈍く反射する。

「ひっ!」

雛子は全速力で走り出した。あれはどう見ても刃物だ。

雛子が走ると同時に相手も走っていた。刃物を振りかざし追いかけてくる。

――殺される!

いったいなぜ自分が襲われるのか、ともかく雛子は走った。

中高と陸上部だった雛子は走ることにかけてはそれなりに自信があった。それでも200メートルも走ると息が切れた。走りにくいパンプスと卒業後の運動不足、なにより殺されるかもしれないという緊張で、思うように走れない。

途中で足がもつれて転んでしまった。膝をすりむき、靴が片方脱げる。いまにも背中に刃物が振り下ろされるのではないかと恐怖した雛子だったが、黒ずくめの男との距離は意外にもまだあった。相手もすでに息が切れているようだ。

悲鳴を上げながら慌てて起き上がり、よろけるように走った。コンビニもない閑静な住宅街がいまは恨めしい。

住んでいるマンションが見えたとき、雛子は最後の力を振り絞って走った。マンションのオートロックのドアの前まで来ると、バッグから急いでカギを取り出す。手が震えてなかなか鍵穴に差さらない。

ふと気づくとすでに黒ずくめの男の姿はどこにもなかった。

遠くからパトカーのサイレンの音が近づいてくる。目撃したか悲鳴を聞いた近所の住人が通報してくれたのだろうか。

オートロックのドアの内側に入ったとたん、雛子はその場で崩れ落ちるように座り込んでしまった。

7

通報で警察が訪ねてきて事情聴取が終わると、時計は夜中の二時を回っていた。それでも近所のパトロールを強化するという言葉を聞けたのは安心材料だ。

なぜ自分が狙われるのか、心当たりはなかった。それに、自分を狙っていたならあんなに奇妙な目立つかっこうをするだろうか？　考えれば考えるほどつじつまがあわない。

――つじつまがあわない？

今日、その言葉をどこかで聞いた。インタビューした、あの少年からだ。

――まさか宇宙人？

少年の言葉とともに突飛な考えが頭に浮かぶが、そんなはずはない。人間の通り魔だろう。女性警察官が大音量の防犯ブザーをくれたので、それを握り締めてベッドに入った。眠れないかと思ったが、疲れていたのか浅いながらも少しは寝られた。

翌日、心身ともに疲れていたが雛子はがんばって早起きをする。

アトランティス編集部はフレックスタイム制で九時から十二時までの間に出社すれば問題ない。昨日は初日だからと九時前に行ったが麻雀で徹夜明けの編集長しかいなかった。金本からも明日は十時過ぎでも問題ないよと言われていた。

しかし出社前に雛子は一カ所寄りたいところがあった。

雛子が向かったのは、竜胆の住むマンションだ。

――気をつけて。もしかしたらお姉さんの周りで変なことが起きるかもしれない。つじつまがあわない奇妙なこととか。

寝る前に思い出した、竜胆が言った言葉がどうしても気になっていた。まるで昨夜の通り魔の出来事を予言したかのようだ。

一瞬竜胆本人かという疑いも頭をよぎったが、明らかに体格が違ったし、雰囲気も違う。もちろん、竜胆は宇宙人を信じているからこその言葉なのはわかっていたが、だとしても、その日に起こったことだ。ときに賢そうな瞳を垣間見せる竜胆が語った言葉だけに雛子の中で存在感を増し、見過ごせない気持ちになっていた。

インターホンを押すと昨日と同じように無愛想な声がスピーカーから流れる。

『誰？』

「昨日訪ねた幻想社の園田雛子です。こんな早くにごめんなさい。昨日のことで少し重ねてお聞きしたいことがあって……」

右手で田舎チョキを、左手でメロイックサインをする。カメラ越しに竜胆には見えているだろう。そうとうマヌケな画だ。

しまった、うまくできないふりをして宇宙人だと偽ったほうが良かったかもしれないとあせる雛子だったが、

『UFOの取材の続き？　いいよ入って』

今日はあっさり開けてくれた。

最上階についてインターホンを鳴らすと、中から竜胆の声が聞こえてくる。

「カギ開いてるから勝手に入ってきていいよ。いま手が離せないんだ」

ためらいがちに中に入ると、あいかわらず凍えそうに寒い。奥の部屋から何か物音が聞こえてくる。

「中に入っていいよ。時間かかるから」

高校生とはいえ、男性が一人でいる部屋に入ることには抵抗があった。昨日の今日でそれはあまりにも不用心ではないか。

しかしここで立ち止まっていてもらちが明かない。虎の子が欲しければ虎の巣に潜り込むしかない。なぜ昨日気をつけろと警告したのかその答えが知りたかった。

防犯ブザーと覚悟を胸に靴を脱いで奥へと入っていく。

「ひゃっ！」

薄暗いリビングの部屋の奥にあるものを見て、思わず叫んでしまった。

頭が異様に大きな子供がいる。じっとこちらを見ていて、つり上がった目も不自然に大きい。

「なんでそこで、ぼさっと立ってるの？　入ってきていいんだよ」

「なんでって、え……あれ？」

目が部屋の暗さに慣れてくると、奥に立っている子供に見えたものが実は大きな人形だとわかった。

テレビや雑誌のＵＦＯ関連の特集でよく見る、グレイと呼ばれるタイプの宇宙人の姿だ。人形とわかったあとでも１メートル以上ある存在感は大きく、作りもリアルすぎて怖い。

雛子の反応などおかまいなしに、竜胆はリビングの隣の部屋に入っていく。

広々としたリビングには、シンプルなテーブルと椅子とソファしか置いていない。テレビもなかった。窓際にポツンと等身大グレイの人形が一体、佇《たたず》んでいる。

反対に、竜胆が入っていった奥の部屋には大量に物が置いてあった。

まっさきに目に入ったのは大きな棚に並ぶＵＦＯの模型やさまざまな宇宙人とおぼしきフィギュア類。

部屋の反対側には大小いくつものパソコンのモニターとパソコン機器と、上に本が散らばった簡易ベッド。足下は機材やケーブルがからまるようにして床を埋め尽くしていた。慎重に歩かないと足を引っかけて、いろんなものをひっくり返してしまいそうだ。

ケーブルの一端はベランダの外に出ていて、さらにそこから上のほうまで延びて消えていた。もしかして屋上までつながっているのだろうか。

竜胆はその中で、今日もパーカーのフードを目深にかぶって機材に埋もれるようにして何かの作業をしている。

そのすぐ隣では人の背丈ほどもある巨大な黒い箱が、うなり声のような低い動作音を発していた。

「な、なにこれ?」

「SETI@homeって知ってる?」

作業している手を止めることなく竜胆は質問に質問で返す。

「せてぃあっとほーむ? 建築会社か何か?」

「お姉さん、ちょっと頭足りないよね。それともバカを演じてるの。バカなほうが男に受けるなんて思ってるなら間違いだよ」

「そんな勘違いしてません。で、セティって何?」

「SETIはSearch for Extra-Terrestrial Intelligenceの略。つまり地球外知的生命体探査って意味なんだ。プエルトリコにある電波天文台が集めた宇宙からの電波信号の中に宇宙人からのメッセージがないか解析する試みでね、データ量は膨大で、解析には多くのコンピュータが必要になる。そこでインターネットで繋がった世界中のコンピュータに解析を分散することにした。解析に参加するのは簡単で、ダウンロードした専用のプログラムを走らせるだけ。僕も一年くらい参加してたんだけど、いまだに成果は出てない」

「はあ。これがその解析をしているパソコンなの？」

だとしても大仰すぎる。

「違うよ。だっておかしいと思わない？　世界中のコンピュータがデータを解析しているのに、いまだに宇宙人のメッセージは発見できていないんだよ。あとこれパソコンじゃなくてワークステーションだから」

何がおかしいのかわからない。おかしいというなら宇宙人のメッセージが絶対にあるという前提のほうではなかろうか。

「でも僕はある日ふと気づいた。気づいてしまったんだ。SETI@homeは本当に正しく機能しているのか？　宇宙人の存在を隠匿《いんとく》するあいつら、ＭＩＢ《エムアイビー》ならこれを邪魔するはずだ。だからデータは正しく解析されていない。もしくはメッセージが発見されてもＭＩＢが握りつぶしてるんじゃないかってね」

得意満面に語っている。とても気持ちよさそうなので、とりあえず水は差さずにおいた。

「だからＭＩＢの介入のないスタンドアローンのシステムが必要だと思った。インターネットに繋がっていない環境なら、いくらＭＩＢでもデータは改竄《かいざん》できない。どう？」

「ＭＩＢって何？　インターネットに繋がってないなら、天文台のデータはどうしてるの？」

竜胆は外に延びているケーブルを指さし、そこから天井へと移す。

「屋上だよ」

「屋上？」

どうやら最初の質問は無視された。

「そう、屋上。屋上には……。あれ、ケーブルの長さが足りないぞ」

竜胆は外から延びているケーブルを引っ張って、一番大きな機械につなげようとしている。

「このパソコンいくらするの？」

「だからパソコンじゃない。ワークステーション。業務用だから一千万くらい？　おい、延びろ」

竜胆が無理矢理引っ張ると何かが外れる音がして、上に延びていたケーブルがへなへなと下に落っこちた。

「やばい。抜けた」

竜胆は慌てて外に駆け出す。

「ちょっと待って。その前に聞きたいことがあるんだけど」

雛子も慌てて追いかける。最初から振り回されっぱなしだ。

竜胆は部屋から出るとエレベーターに乗り込み、カードキーをかざして屋上のボタンを押した。

「これって普通いけないんじゃないの？　あと絶対に外に出たくないんじゃなかったの？」

「非常時は別」

屋上はヘリポートになっていた。非常時用のものだろう。ヘリポートの隅にパラボラアンテナのようなものが置いてある。ちょうど竜胆の部屋の真上あたりだ。

「今度は抜けないようにしないとな」

案の定、竜胆が設置したものらしい。ケーブルをつなげ直し、また抜けないようにガムテープでしっかりと固定している。

「いい感じのヘリポートだと思わない？」

ヘリポートにいい感じとかあるのだろうか。

「眺めはいいけど……」

「この広さ、ＵＦＯが着陸するにも問題ない広さだよ」

どこまでも宇宙人がらみの話だ。彼の辞書には宇宙人関係のものしかないのはもう充分わかった。このままではいつまでも本題に入れない。雛子は強引に自分の話題を振る。

「聞きたいことがあるんだけど、いい？」

「別にいいよ」

「じつは昨日通り魔に襲われたの。幸い無事だったけど」

「まあよかったんじゃない。通り魔にとってはお姉さんはそれだけ魅力的に見えたんでしょ」

作業に集中している竜胆の受け答えは適当すぎた。それにめちゃくちゃ引っかかる言い方だ。とっては、とはどういう意味だ。

「でも無差別な通り魔っていうより、私を狙ってたみたいなの」

「ふーん」

興味なさそうな返事だ。反応の鈍さは自分の思い違いだったかと疑いたくなる。

「昨日、帰り際、竜胆君は私に気をつけてって言ったでしょ。私の周りで変なことが起きるかもとか。もしかして黒ずくめの男に襲われるのを予感していたのかなって思ったんだけど、どうやら違ったみたいね。ごめんんね。私帰るわ」

落胆した雛子がきびすを返して帰ろうとすると、突然腕をつかまれた。驚いて振り返ると、パーカーのフードをかぶった竜胆の顔がすぐそばにある。

「黒ずくめの男？」

「え、ええ……。あの近いんだけど」

雛子は両手で制しながら後ずさるが、同じ距離だけ竜胆は詰め寄る。

「黒い背広にネクタイ、そしてサングラス」

「そ、そうよ」

「黒い帽子に黒い靴」

「帽子はかぶってなかった、かな？」

「ＭＩＢだ！」

飛び上がりそうな勢いで竜胆は叫んだ。

「そういえば昨日気をつけるように言ったんだっけ。そう、まさしく僕が懸念していた事態が起こったんだ！」

懸念していた事態のわりには喜び勇んでいる。

「さっきまで忘れていたくせに」

「それでＭＩＢはどんなやつだった？」

「その前に、ＭＩＢってなに？」

竜胆の目は驚きに大きく見開かれ、次に哀れむ眼差しへと変わる。

「まさかＭＩＢを知らないの？　あのＭＩＢだよ。有名な映画にもなったのに。ウルトラセブンよりは全然新しい映画だよ。主演俳優が缶コーヒーのＣＭで宇宙人役やってるじゃないか」

「恥を忍んで聞きます。ＭＩＢってなんなの？」

「Ｍ・Ｉ・Ｂ。メン・イン・ブラックの略。宇宙人の存在を隠す謎の人物達のことだよ」

「そんなに常識的なことかな！」

雛子が抗議しても、竜胆はまったく聞いていない。話すのに夢中になっている。

「最初の目撃例は一九五〇年代までさかのぼる。黒い背広にネクタイにサングラスを身につけ、二人一組で行動する。ＵＦＯを調査する人や重大な目撃者のもとに現れて、脅迫して口止めをするんだ。クソ、よりにもよってどうしてこんな女のところに現れるんだ。僕の前に現れろよ」

いまとてつもなく失礼なことを言われた気がするが、気にしないことにした。

「話を元に戻すけど、昨日気をつけてって言ったのはどうしてなの？」

パーカーのフードの上から頭をかきむしっている竜胆を前に、無駄かもしれないと思いつつ話を軌道修正する。

「え、ああ、なんだっけ？」

「だから昨日、気をつけてって警告してくれた話」

竜胆はいまひとつピンときていない顔をしている。雛子はしかたなく昨日の出来事を最初から話し出した。

十五分くらい話しただろうか。昨日一日のあらましを話し終えるまで、意外なことに竜胆はじっと聞いていた。ただしパーカーの奥にある表情からどれだけ本気で聞いているかは定かでなかったが。

「そのあとは警察が来て事情聴取を受けておしまい」

雛子がそう話を締めくくると、竜胆はしばらくフードの奥で思い詰めた顔をしていた。

「……やっぱりそうだ」

竜胆は深刻そうに、しかしどこか楽しんでいる様子で語り出す。

「お姉さんは優秀すぎたんだ。一見そうは見えないけど、三人も宇宙人にさらわれた人を探し出した。だからＭＩＢに目をつけられた」

「ただ単に投稿されたハガキを整理しただけだけど」

「警察に通報しても無駄。彼らは超法規的存在なんだ」

「昨日、警官が駆けつけてくれたけど。これもくれたよ」

防犯ブザーを竜胆に見せると、手にとっていろいろ観察していたが、すぐため息をつく。

「そうか。日本での活動例は少ないから、彼らの権力はまだ日本政府の中枢に届いてないんだね。他に気づいたことはなかった？」

「そうね。竜胆君が言うようなエージェントというには運動能力はあまりなさそうだった。走ったら息切れしてた」

「なんてことだ。事態はそこまで深刻になっていたなんて」

ＭＩＢの説を否定するつもりで言ったのだが、なぜか逆効果だったようだ。

「ＭＩＢは宇宙人を隠そうとする政府機関ではなく、宇宙人だという説もあるんだ。彼らは総じて動きが鈍い。これはきっと宇宙人が人間の皮を被って活動しているからだ。他にも不自然な行動はなかった？メロイックサインをうまくできないとか」

「襲いながらメロイックサインを出すの？　ずいぶんロックなＭＩＢさんね」

返す言葉はもう半ばやけになっていた。

「それなら……」

「あのね竜胆君。ＭＩＢでもＭＬＢでも宇宙人でもなくて、普通に襲われたって線はないかな？」

竜胆はまるで突拍子もないことを言われたように、驚いた表情をしていた。しかしすぐにあきらめたように首を振る。

「無理もない。宇宙人に対する危機管理のプロじゃないんだから」

なんのプロだ。そう言いたかったがまた別の何かを掘り起こしてしまいそうで、思うにとどめた。

これ以上竜胆から何か聞き出せる見込みはない。

「いろいろ助言ありがとう。ともかく気をつけることにするね」

「ちょっと待って！」

立ち去ろうとする雛子を竜胆が呼び止める。

「お姉さんはＭＩＢに狙われてるんだよ。一人で行動するのは危険だ。昼間はともかく夜は絶対に狙われる」

言っている内容はばかばかしいが、また狙われるかもという恐怖はあった。

「よかったら僕が夜は一緒に行動してあげるよ。ＭＩＢと接触するついでにお姉さんを守ってあげる。これよりは役に立てると思うよ」

と防犯ブザーを返してくる。失礼なボディガードの申し出だが、それでも助かるというのが正直な感想だ。ヒキコモリでも男性と一緒にいるだけで安心感は違う。

「外出るの嫌いなんじゃなかったの？」

「宇宙人がらみなら別。甘い物は別腹と同じようなものだよ」

昨日甘い物は嫌いと言った人間が、涼しい顔で答えた。

8

「ボツだ」

昨日残業までして書き上げた原稿に、編集長は無慈悲な判決を言い渡した。

「何が駄目なんでしょうか？　命がけで書いたんです」

昨夜の経緯を説明する。原稿の残業で通り魔に襲われたのだから、その言葉に嘘はない。

「なんで報告しないんだ！」

話し終えると編集長が目をつり上げて怒声を飛ばした。

「そんな目にあったんなら、ちゃんと言え！」

もしかして心配してくれているのだろうか。いい加減に見えても、やっぱり人の上に立つ人は違う。

「襲われたんだったら、それも入れりゃあいいだろうが。臨場感のある記事になるだろ。UFOの仕業だ。襲ったのは宇宙人ってことにするんだ」

はい、わかってました。一瞬でも信じた私がバカでした。

「はあ、ではMIBってことにします」

完全に竜胆の受け売り。もうどうでもいいという気持ちだった。

「MIB、おお、それもいいな。ちょっとは勉強したのか？」

初めて褒められたのにちっとも嬉しくないのはなぜだろう。いや、理由はわかっている。深く追求してはいけない。ネガティブな感情は細胞を老化させる。

それでも記事にできるようにMIBのことは調べてみた。といってもネットで簡単にだ。

「だいたい竜胆君の言った通りだなあ」

黒ずくめの服装で宇宙人の存在を隠蔽するエージェント。映画にもなるほど有名な存在らしい。主演の一人はコーヒーのCMでよく宇宙人役をやっている人だ。昔の映画なので若い。

「トミー・リー・ジョーンズっていうんだ。そっかあ、これがモトネタなのか」

ひとりごちる雛子の横に、手があいた金本がやってきた。

「園田さん、襲われたってどういうこと？　いや、丸聞こえだからわかったけど……。無理しちゃだめだよ。今日は僕が編集長に言っておくから早く帰りなさい」

ちゃんとまともに心配してくれる人がいるのは嬉しい。

「ありがとうございます。お言葉に甘えていいですか」

「もちろんだよ。ちゃんと解決するまで油断はしないようにね」

「今日から帰り道は友達に送ってもらえるように約束してるので、大丈夫だと思います」

「へえ、彼氏かい？」

「い、いえ、ただの友人です」

「ごめんごめん。セクハラになっちゃうか。でも昨日の今日なのに心配して都合つけてくれるなんて、いい人なんだね」

高校生のヒキコモリの変人です、とはとても言えなかった。


会社を六時過ぎに出て、最寄り駅についたときは七時前だった。前の編集部にいたときも遅いことが多かったので、明るく人通りが多いこんな時間帯は久しぶりだ。

竜胆とは雛子が降りる駅で待ち合わせをすることになっている。駅につく時間はメールで伝えておいた。

「いないじゃない」

改札横のコンビニで待っていると言っていたが、それらしき人影はどこにもなかった。そもそもヒキコモリの竜胆がこんな遠くの駅まで出かけてくるだろうか。

竜胆を待つついでにコンビニで通販の支払いをしようとして、バッグの中を探したが、会社に忘れてきてしまったのか支払い用紙が見つからない。

しかたなく店から出て再度メールしてみたが返事はなかった。もう家を出たあとなのだろうか。竜胆の家からここまで電車で二十分ほどだ。

二十分待ってみても竜胆はやってこなかった。これ以上待っているとさらに遅くなり、本末転倒だ。

いまはまだ人通りもあった。パトロールを強化するとも言っていた。

「しかたない。一人で帰ろう」

小さな駅にタクシー乗り場はなく、呼ばないと来ない。雛子は足早に歩き出した。

歩いてすぐ、人通りが急に途切れたことに気づいた。

「やっぱり引き返そう」

駅でタクシーを呼ぼう。そう思って引き返そうとした。しかしたったいま来た道に人が立っているのが見えた。

昨日と同じ、黒ずくめの格好をした男だ。

引き返すわけにもいかず、雛子はいま来た道に戻る。今日はもしものときにそなえてスニーカーを履いていた。

男は後ろから同じ歩調でついてくる。足早になると男の歩調も同じく速くなる。

慌ててバッグから取り出した防犯ブザーの紐《ひも》を引いた。だが、もらったばかりの防犯ブザーは、何度引っ張っても壊れているのか鳴ってくれなかった。

「なんで？」

雛子は全速力で走った。昨日よりも速く走れる。パンプスを履いていた昨日でも引き離すことはできた。追いつかれない自信はあった。

「嘘……」

しかし今日の黒ずくめの人間はいっこうに引き離せなかった。それどころか距離を縮められてさえいる。

しかし雛子の驚きはそれだけではとどまらなかった。予想外のものが走る先に待ち構えていた。

「そんな……」

雛子は思わずその場に立ち尽くした。黒ずくめの男がもう一人、雛子の前に立ちふさがっていた。

後ろから最初の黒ずくめが走ってくる。数秒後には追いつかれる。恐怖のあまり声を出すこともできない。

二人目の黒ずくめは不思議と近づいてはこなかった。なぜか呆然と立ち尽くしているようにも見える。

だからと言って近づくわけにはいかなかった。しかし後ろから走ってくる黒ずくめもいる。

――ＭＩＢは二人一組で行動する。

竜胆の言葉が蘇《よみがえ》る。まさか本当にＭＩＢのわけがない。しかし前後を挟むこの行動は計画的で、確実に自分を狙ってきている。

後ろから走ってきた黒ずくめの男はすぐ背後まで迫っていた。雛子はやぶれかぶれになって足を止めると、手に持っていたバッグを走ってきた男めがけて振り回した。中には雑誌が二冊入っている。遠心力をつけて振り回せば、それなりの武器になる。

しかし相手はバッグの下をくぐり抜けると雛子に迫った。

「きゃ……」

恐怖に悲鳴を上げようとしたが、走ってきた黒ずくめの男はあっさりと雛子の横をすり抜けていってしまう。そのまま走り続けて、もう一人の黒ずくめの目の前まで走る。相手も突然走ってきた男にたじろいでいた。

「やっと会えた！　やっと！」

走ってきた黒ずくめは、立ち尽くしているもう一人の同じ格好をしている男の前で立ち止まり、息を切らしながらも弾んだ声で話しかけていた。まるで生き別れの兄弟にでも会ったかのようだ。

「え？」

雛子が驚いたのは男の行動もそうだが、なによりもその声に聞き覚えがあったからだ。

「あんたMIBなんだろ。隠さなくてもわかる。他の連中にはわからなくても僕にはわかる。さあ僕を宇宙に連れて行ってくれ！」

先ほどまでの恐怖心や緊張感があっというまに霧散していく。かわりに生まれたのはどうしようもない虚脱感だ。

「ねえ竜胆君、いったい何してるの？」

「見ればわかるだろう。MIBとのファーストコンタクトだ」

通せんぼをするように両手を広げて黒ずくめの男に近づいていく。あるいは友好的なゼスチャーのつもりなのかもしれない。

最初はたじろいでいた相手だが懐から刃物を取り出し、目の前でちらつかせた。

「一見ただのナイフに見えるけど、きっとどんなものでも切り裂くオーバーテクノロジーが使われているんだね？」

雛子の緩んだ気持ちが再び一気に緊張した。この場でマイペースなのは竜胆だけだ。

　黒ずくめは一歩踏み出すとナイフを真横に振った。竜胆はのけぞって避けたが、完全に避けきることはできなかった。スーツの二の腕の部分が切り裂かれる。

「なんてことだ……」

　切り裂かれた袖口を見て竜胆は絶望的な声を出す。

「これがどういうことなのかわかっているのか」

　袖口をつかんで竜胆はわなわなと震えている。

「て、てめえ、殺してやる」

　黒ずくめが初めて声を発する。

「おまえ、自分で何を言ってるのかわかってるのか」

　切りつけられた竜胆は恐怖でなく怒りで肩を震わせていた。

「おまえはＭＩＢじゃないってことなんだぞ！」

　竜胆は頭を抱えて、悲壮感に満ちた声でつぶやく。

「ただのナイフに安っぽい脅迫。こんなのがあのＭＩＢのはずがない。ああ、違うとも。こいつはただの人間だ」

「何言ってるの？　とにかく早く逃げましょう！」

「ただの人間。つまりおまえは菅原大輔か」

竜胆を引っ張っていた雛子の動きが止まる。

「え、菅原大輔って私がインタビューに行った？」

なぜここで二人目のインタビュー相手の名前が出てくるのか。

しかし黒ずくめの男はあからさまに動揺していた。

「違う。俺はそんな名前じゃない」

「ああ、そうだった。本名は近藤博之だったね」

さらに出てきたのは一人目に会いに行ったインタビュー相手の名前だ。夜逃げしたあとで会えなかったが。

竜胆がいったい何を言っているのかわからない。わかるのは相手の黒ずくめがこれ以上ないほど動揺していることだ。つまり竜胆の指摘は正しいということになる。

「しかしとんだマヌケもいたもんだ。別におまえの犯罪はばれちゃいなかったのに、こんなことしてボロが出るなんて。言っておくけどね、ここにいるお姉さんはおまえがやったことなんてなんにも気づいていなかったよ。いまだって頭の上にでっかいクエスチョンマークをいっぱい出してるんだ」

「この人は菅原大輔で、でも本名は近藤博之？　いったいどういうことなの？」

「ただのマヌケな勘違いだよ」

黒ずくめは突然ナイフを持って躍りかかってきたが、竜胆は落ち着いてかわすと、突進してきた勢いを利用して、お手本のような背負い投げを決めた。コンクリートにしたたかにたたきつけられた黒ずくめは、それだけで伸びてしまった。

「はあ、こんなことするためにわざわざ外に出たんじゃないんだけどな」

通報し終わった雛子は黒ずくめの男が完全に動かなくなったのを確かめると、竜胆に詰め寄った。

「ちょっといったいどういうことなの？」

「無駄足だったってこと」

「お願い、教えてくれない？」

帰ろうとする竜胆の手を引っ張って説明を求める。竜胆はしぶしぶ承知すると、説明を始めた。

「投稿のハガキ持ってる？」

「うん、ここにあるけど」

雛子が二枚のハガキと一通の封筒を取り出すと、そのうち自分のことが書かれた封筒は放り投げた。

「お姉さんが二件目の菅原大輔にハガキを見せたとき、たぶんこうなってたんだ」

そう言って竜胆は菅原大輔のハガキと近藤博之のハガキを重ね合わせた。べとついたのりが付着していて、二枚はぴったりと重なり合って一枚のように見えた。昨日、竜胆にハガキを見せたときと同じ状態だ。

「これが真相」

「それだけじゃわからないんだけど」

「お姉さんは二枚が張り付いていることに気づかず、このハガキを見せてこう言ったんじゃないかな。このハガキを出したのはあなたですかってね」

竜胆は実演してみせた。ハガキを印籠のように持って見せる。雛子に見せたハガキの表面には近藤博之の名前が書いてあった。

「お姉さん側からハガキを見ると菅原大輔の名前になってるけど、相手から見たら近藤博之のハガキになっている。これを見せられた菅原はすごい慌てたと思うよ」

言われてみるとインタビューに行った日、菅原の態度が急変したのはハガキを見せたあとだった。

「近藤博之は多額の借金があって首がまわらなかった。菅原大輔は身寄りもなく交友関係もほとんどなかった。しかも引っ越したばかり。この状況から近藤博之は借金から逃れられる手段を思いついた。菅原大輔になりすますってね」

「なりすますって、どうやって？」

「菅原大輔を殺して彼の住居で何食わぬ顔で暮らすんだ。でも近藤博之にそんな度胸はなさそうだし、目の前で彼が死んでしまったってのが真相だろうね。心臓発作か不慮の事故か。いずれにしても死んだ菅原大輔を前にして、なりすますことを思いついた」

竜胆は一呼吸おいてから、雛子を指さし言う。

「最初の数ヵ月はビクビクだっただろう。ようやく大丈夫かと思いかけたある日、月刊アトランティスから取材の申し込みがあった。やってきた女の記者は、菅原になりすましているはずなのに、近藤が出したハガキを見せてこう言ったんだ。これはあなたが出したハガキですね、ってね」

竜胆はまるで見てきたように語る。ヒキコモリの竜胆がどうしてそこまで事情を知っているのか。雛子の疑問に竜胆は簡単に答える。

「お姉さんからハガキの文面を見せてもらったとき、チラッと住所が見えた。住所から個人を特定するのは簡単だよ。身辺調査なんて部屋から出ないでもできる。半分は想像だったけど、お姉さんの反応を見るにけっこう当たってるっぽいね」

あの一瞬で住所を覚えたのだろうか。やっぱりこの子は頭がいい。ちょっと残念な子ってだけで。

「菅原になりすました近藤は自分の犯罪がばれたと思った。ただ警察が捕まえに来る様子はない。もしかしたらなりすましに気づいているのはまだこの記者だけかもしれない。だったら口封じをしてしまおう、なんて短絡的に考えて、実行に移そうとした。そんなバカな勘違いさえしなければ、まだ平穏に暮らしていけただろうに」

黒ずくめというだけでMIBと思い込む竜胆に言われたくないのではなかろうか。

「でも、なんにしてもありがとう。本当にありがとう。危うく勘違いで殺されちゃうところだった」

「礼なんかどうでもいい。ああ、MIB、MIBだと思ったのに……」

本気で落胆していた。

「大丈夫、また会う機会があるよ。ところでどうしてそんな服装なの？」

竜胆の姿は朝言っていたMIBの姿形そのままだ。

「これならMIBに警戒されないと思ったんだよ」

私が警戒するとは考えなかったのか。そう言いたかった雛子だが黙っていることにした。

驚かされたとはいえ命を救われたのには違いない。

「はあ、わかった。でも竜胆君がいてくれて助かった。それに比べて警察は何をしてるの。パトロールを強化してくれるって言ってたのに！　防犯ブザーもとんだ不良品だし」

「ああ、そこはぬかりなくやったよ。防犯ブザーは朝、お姉さんに見せてもらったとき僕が鳴らないようにした。警察は嘘の通報でこの辺から遠ざけた。もちろんＭＩＢが活動しやすくするためだよ。いまごろ街の反対側に集まってるんじゃないかな」

褒めてくれと言わんばかりに胸を張っている。

「ふざけるな！」

反射的に雛子は拳を繰り出していた。突き出した拳は竜胆のあごに見事にヒットする。体が宙を二回転し、通り魔の隣に大の字に倒れた。

ちょうど駆けつけた警官が見たのは、拳を突き出した雛子と、足下に伸びている二人の黒ずくめの男だ。

警官は雛子に近寄ると、勝者にやるようにその手を取って高々と上げた。

9

真相は竜胆が語った通りだった。捕まった「菅原大輔」の指紋と近藤が住んでいた空き部屋から検出された指紋が一致したのだ。

近藤博之と菅原大輔はＵＦＯ関連で交友があった。ある日ＵＦＯの目撃情報の多い山の中を二人で探索中に、菅原が心臓発作で亡くなったらしい。

途方にくれた近藤は、しかしそのとき菅原の遺体を隠して彼になりすますことを思いついた。

警察は近藤が埋めたと自供した遺体の場所を捜索中だそうだ。

近藤が雛子の住所を知っていたのは、玄関先でバッグの中身を散らばせてしまったことが原因だった。住所が印刷された通販の支払い用紙が飛ばされて拾い忘れていたのだ。

雛子が月刊アトランティスで初めて担当した仕事は、殺人事件に発展し、おまけに自分も殺されかけるという、とんでもないものになった。しかし竜胆のＭＩＢ騒動があまりにマヌケで、怖い思い出にはならずにすんだ。とはいえ、少年の行動の一部は雛子を危険にさらしたわけで、感謝すべきかどうか悩むところではあったのだが。


数日後、落ち着いてからお礼の品と菓子折りを持って竜胆のマンションを訪ねた。危機に陥ったのは半分竜胆のせいとはいえ、竜胆が解決してくれなかったら自分は今も近藤に狙われていただろう。わずかな手がかりから事件の犯人をすぐさま特定してくれたのは竜胆なのだから。

――もしかしてすごく頭いいのかな。

言動が奇天烈《きてれつ》すぎていまいち実感としてわかないのだが、投稿された手紙に書いてあった学校は一流の進学校だった。

インターホンを押してカメラに向かってメロイックサインを送る。

『お姉さんはいつも最初に来訪者が宇宙人やＭＩＢかもしれないという僕の夢を粉々にしてくれるね』

竜胆の不機嫌そうな声が返ってくる。

「それでなに？」

部屋に上がるやいなや、いつも通りパーカーのフードを目深にかぶった竜胆は面倒くさそうに問うてきた。

「この前のお礼がしたくって」

「お礼？　なんの？」

遠慮や照れているわけでなく、本当に忘れている口調だ。

「この前通り魔から助けてもらったじゃない」

「それを言うならお礼じゃなくてお詫びでしょう。ＭＩＢだってだまして僕を引っ張り出したんだから」

勝手に自分で思い込んで勝手に行動したと言い返したかったがそこはぐっとこらえる。相手はまだ子供なんだ。そう言い聞かせた。

「はい、知る人ぞ知る老舗、永楽堂のお菓子。不定休だからなかなか買えないのよ」

「甘い物は苦手だって……」

「見た目は甘そうで、実はしょっぱいっていうのがこの店の売りなの」

「ふーん」

竜胆は怪訝そうに箱を見ていたが、無造作に包装を引きちぎって中のお菓子を口の中に放り込む。

「うん、まあまあだね」

UFOや宇宙人を追うならもっと文明人らしい食べ方をしてほしい。

「あとこれ」

雛子が取り出したのは朱色の袋に入ったお守りだ。

「竜胆君の願いがかなうようにって買ってきたの」

「願いって宇宙人に会いたいってこと？　そんなのを神仏に頼るの？」

宇宙人は信じているのに神仏はまったく信じていない。お守りをつまんで見ている竜胆は心底うさんくさそうだった。

「ところがそうでもないのよ。このお守りは京都の鞍馬寺のものなの。鞍馬寺って知ってる？　枕草子にも出てくるくらい古くて歴史があるお寺。祀っている尊天の一人、護法魔王尊は六百五十万年前、金星からやってきた使者。つまり金星人、宇宙人ってことなの。宇宙エネルギーに満ちたお寺なんだよ」

雛子が『ＬｉＬＩ』にいたとき、「京都女子旅パワースポット&御朱印めぐり」という企画で知ったお寺だった。その時はぶっとんだお寺だなあ、くらいに思っていたが、竜胆にはこれ以上ないほどぴったりだと思い出し、週末、京都まで買いに行った。

「このお寺のお守りなら宇宙人関係の願いもかなうんじゃないかな？」

初めて知ったのか竜胆は驚いた顔でしばらくお守りを見ていたが、やがて大事そうにポケットにしまう。

「ま、まあ、お礼を言っておくよ」

顔を隠したままでは失礼だと思ったのか、少したためらったあと、目深にかぶっていたフードを後ろに下げた。

初めて竜胆の顔をまともに見る。

フードを下げると、柔らかい髪が流れるようにこぼれおちた。その下には伏し目がちな表情がよく似合う、切れ長の瞳に長いまつげ。すっと通った鼻筋と形の良い唇。フードの中から見事なまでに整った顔立ちの美少年が現れる。ファッション誌にいたころ何人もモデルや俳優の綺麗な少年を見てきた。見慣れていたつもりだったが、それでも竜胆ほど綺麗な子はいなかった。

「お守り、あ、ありがとう」

はにかんだ表情でそっぽを向いてそっけなく言う。しかしそんな姿も絵になってしまうほど、竜胆の容姿は浮世離れしていた。

「ど、どういたしまして……」

竜胆がそっぽを向いてくれてよかったと思った。思いがけず現れた綺麗な顔に、一瞬見惚《みと》れてしまった自分を見られずにすんだ。

「……え、ええと、はい」

どこかすねたような声を出して竜胆は右手を突き出してきた。

「なに、またメロイックサイン？」

雛子は右手でその形を作るが、竜胆が突き出した手は開いていた。

「違うよ！　その……お礼というか、お詫びというか……」

竜胆の横顔と突き出された右手を交互に見て、ようやく彼が何をしようとしているのか察した。

「……あ、ええと、はい」

雛子もとっさになんと言っていいかわからず、竜胆と同じ言葉を発してしまう。

――指の先までなんて綺麗なんだろう。

差し出された竜胆の右手を握り、握手をした。少しだけどきどきしたのは内緒だ。ただ竜胆は雛子の様子に気づきもしなかっただろう。

そっぽを向いた綺麗な横顔は、首まで真っ赤になっていた。

第二章　君はまだみつからない

1

「次の企画が決まったぞ！」

編集長は編集部に入るなり、声を張り上げた。

次号の星座占いの文面を考えていた雛子は、いったい何事かと驚いて見る。しかしそんな反応をしたのは雛子だけで、金本を始め編集部にいた数名は、誰一人として驚いた様子を見せなかった。中にはため息をつくものさえいる。

そんな周囲の様子もおかまいなしに、編集長はずかずかと自分の席に着く。

「もうこれしかないっていうとっておきの企画だ」

しかし悲しいかな、ほとんどの編集者は片手間に聞いている程度で、作業の手を止めてまで聞いているのは雛子一人だった。

「どういう企画ですか？」

金本は記事に使う写真をより分けながら編集長に尋ねる。

「ミステリーサークルだ！」

拳を振り上げどうだと言わんばかり。しかし編集長のテンションと反比例して編集部内は静かだ。

編集長が振り上げた拳をのろのろと下げている中、雛子は迷いに迷った末に手を上げた。

「ミステリーサークルってなんですか？」

編集長の言葉には無反応だった編集部内がざわめく。編集長も雛子を驚きの目で見ている。

「まさかミステリーサークルを知らないのか？」

「いえ、畑の真ん中に現れる、不思議な丸い円の模様ですよね。でも、そんなに詳しくなくて。誰が何のためにやっているのか、とか」

金本が笑いながら教えてくれる。

「誰が何のためにやってるのかわからないから謎なんだよ。だからミステリーサークル。まあ諸説あるし、人がやったと証明されているもののほうが多いけどね。仮説で一番多いのは宇宙人からのメッセージというものだね。複雑な模様が一夜にして出来上がっているから、人間以外の何かが上空からやったんじゃないかってことになって、つまりUFOの仕業、と。そういうことだよ」

丁寧に説明してくれる金本の横で、編集長はうなずきながら、また声を張り上げる。

「栃木県で一ヵ月に十以上もミステリーサークルが現れた。これがどういう意味かわかるか」

「三日に一つ作られているってことでしょうか」

また見当はずれな回答かもしれない。編集長は机を思い切り叩き、太い指を雛子に突きつける。怒られると思った雛子は思わず身をすくませた。

「その通り。三日に一つ。つまり三日張り込めば、一回はミステリーサークルができる現場に出くわすってことだ」

「そ、そうなるんでしょうか」

いまひとつピンとこないまま雛子は首をかしげた。

編集者の一人が質問する。

「編集長、その理屈は無理がありませんか。栃木県の農地のどこで起きるかわからないんですよ。張り込みした場所にミステリーサークルができるって保証はないでしょう」

「だったら張り込み期間を増やせばいいんだ。これは月刊アトランティス創刊以来の一大プロジェクトになるかもしれないんだぞ！」

再び編集長のテンションが高まっていく。

「さてこの一大プロジェクトを誰に任せるかだが」

編集長は視線を編集部内にぐるりとめぐらしたが、誰もが判で押したように目をそらした。誰が好き好んでそんな思いつきに振り回されるものかと顔に書いてある。雛子も例に漏れず目線をそらしたが、つかまってしまった。

「園田、おまえはいま何やってる？」

「星座占いのページです。全体運だけじゃなく、金運とか恋愛運とかけっこう細かくて……」

「なんだその誰でもできる仕事は。おまえは給料泥棒か」

編集長が割り振った仕事じゃないですか。そう叫びたい雛子だったが、ぐっとこらえる。

「どこまでできた？」

「四つ、蟹座まで終わりました。残り八個です」

「いますぐ終わらせろ」

「す、すみません。初めて書くので。もう少し時間をください」

「まじめに考えすぎだよ。もっと気楽に適当に書けばいいんだから」

編集者の一人が小声で言う。

「しかし手があきそうなのはおまえくらいなもんだろう」

数秒思案顔だった編集長だが、何を思いついたのか表情を明るくする。

「よし、いいことを考えた。星座占いはやめて血液型占いに変えろ。これならA型B型AB型O型の四つで事足りるだろう」

「そんな、突然変えちゃうんですか？」

「四つできてるならちょうどいいだろうが。占いのページなんておまけだ。来月から血液型占いに変更だ」

他の編集者はやはり無反応だ。つまりこんな言動は日常茶飯事ということか。

「大丈夫、どうせまた思いつきで干支《えと》占いとかになるから」

金本のささやきに雛子は苦笑で応えるしかない。

毎回十二種類も考えるのは大変だから、血液型占いでいいかと思い始めていたのは内緒だ。

2

「ここ一度来てみたかったんですよね」

ゆったりとした高級感のあるレストランの高い天井を見上げながら、雛子は素直に喜ぶ。

「さあ、好きなもの注文して。ここはおごるから」

「そんな悪いですよ。いろいろ教えてもらううえにおごってもらうなんて」

ミステリーサークルの取材は夜中ということもあり、若い女性の雛子だけというわけにいかず、結局金本が貧乏くじをひくことになった。

仕事のあとに食事をしながら打ち合わせをしようと、金本が連れてきてくれたのがここだった。

「仕事の打ち合わせですし、自分の分は自分で……」

と言いかけてメニューを見た雛子の顔が青くなる。この店のランチの相場しか知らなかった。ディナーがこんなに高くなるとは。

「だからおごるって。この店を選んだのは僕だよ。歓迎会も何もない職場だし、園田さんは予想以上にこの一ヵ月がんばってくれてる。上司の顔をたてると思って」

「で、ではごちそうになります」

こういう店に躊躇なく入れる金本は裕福なのだろうか。先週初めてもらったアトランティスの月給に雛子は落ち込んだものだ。きっちり出ていた残業代がなくなり、以前の職場の三分の二しかない。オシャレが遠のいたのはなにも編集部の空気に染まったからだけではなかった。

アラカルトから一番安いパスタを選ぶ。その様子を見て、金本はクスリと笑う。

「前菜もパスタのあとのメインも、遠慮しないで好きなものを食べなさいね。どれもこの店で美味《おい》しいって評判の料理だし、ディナーでパスタだけなんて、お店にも悪いでしょう。まあ、そこでちゃんと遠慮できるのが、園田さんのいいところだけど」

「で、ではお言葉に甘えて」

「そうそう、これから数日間、田んぼの見張りだよ。せめて景気づけくらい楽しくやろうよ」

そう言って、ワインリストからグラスのシャンパンを注文した。


「ここだけの話、元気そうで、安心したよ」

金本が突然まじめな声音で話しかけてきたので慌ててしまった。

途中で言葉を止めて、食べ物をきちんと咀嚼《そしゃく》して飲み込んだ。

「ふぁい……」

「はい、廃刊のショックならもう乗り越えました」

口元をふいて、場の雰囲気に合わせて少し大人っぽく言ってみせる。しかし金本のあきれたような表情は、なぜか失敗だと告げていた。

「いや、そっちじゃなくて。この前ストーカーに狙われたばかりでしょう。しかも取材が直接の原因で殺されかけたなんて、いろいろと嫌になったんじゃないかと思って」

「あ、ああ、そういえばそういうこともありましたね」

「ありましたねって、普通もっと気に病むものじゃないのかい？」

「んー、まあまったく気にならないって言えば嘘になりますけど」

あのときの竜胆の行動のほうが印象が強すぎて、ストーカーの影が薄まってしまった。

「思った以上にずぶと……しっかりしてるんだね」

「ああ、いま図太いって言おうとしませんでしたか？　私だって気に病んでるんですよ。その証拠に……証拠に、あれ？」

バッグの中をさぐってても目的のものがなかなか現れない。

「あ、あった。その証拠にほら、防犯ブザーを持ち歩くようになりました」

「とっさに取り出せないんじゃ持ち歩く意味ないんじゃないかな？」

図太いを返上することはできなかったようだ。

「あのときはすぐ助けが来ましたから、そんなに怖い思いをしてないんです」

「ああ、そういえばあの二宮竜胆君が来てくれたんだってね」

あの、という言い方に含みを感じる。

「え、ええ、そうなんですが。あのって、どういう意味ですか？　有名なんですか？　たしかにUFOや宇宙人にとても執着してましたけど」

「んー、彼の場合、有名なのはUFOマニアとは違う顔の部分だね。彼が住んでいるところって立派なマンションじゃなかった？」

「すごい立派でした。絵に描いたみたいな超高級タワーマンションです。実家も大きなお屋敷だったし、お金持ちなんですね」

「違うよ。あのマンションは自分のお金で買ったんだ」

「え、ええ、えええ！　だってあそこ、もしかしなくても軽く数億ですよ」

「前の職場で小耳に挟んだ話だから、どこまで本当かわからないけど」

「でも高校生くらいの子が億のお金を持ってるなんて……。あっ、もしかしていま流行《はや》りのデイトレってやつですか。たしかに一日中パソコンの前に張り付いていそうだから、株で大もうけってことも……」

　雛子の声がしぼんでいったのは、やはり竜胆のイメージと合わないからだ。そんなマメなことをしてお金を稼ぐタイプには見えなかった。

「特許をいくつか持ってるって話だよ。中には世界中で使われているものもあるらしい」

「特許……。いったいどんな特許なんですか？」

　株よりは竜胆のイメージに近かったがやはりピンとこない。

「有名なのは監視カメラのように、画像が粗く遠景のものでも顔を識別することができるシステムだったかな。犯罪者を発見する画期的なシステムらしい」

「へえ。噂が本当かどうか、今度聞いてみますね」

金本はなぜか驚いていた。

「今度聞いてみるって……、そんなに気軽にあの男の子と話せるの？」

「はい。助けてもらったあとも、少しですけど交流ありますよ」

「門前払いされたりしないんだね。彼の頭脳欲しさに、いろんな人間がコンタクトをとろうとしたけど、どんな報酬を提示しても会ってくれないって。ものすごい人嫌いだって話だよ。

園田さんはどんな魔法を使ったの？」

「そんなにすごい子なんですか？　うーん、たしかにちょっと、というかかなり変わった子ですけど……。魔法なんて使ってませんよ。メロイックサインで入れてくれます」

メロイックサインを見せるが、金本は何がなんだかさっぱりわからないという顔をしていた。

3

「あれ、おかしいな。映ってるのかな」

雛子の顔がビデオカメラのモニターに拡大表示された。慌てて顔を遠ざけてカメラを持っていないほうの手で鼻を隠す。

「鼻の穴映っちゃった。消去はどうやるんだろう」

「いったい何をしてるの？」

鼻を押さえてうろたえている雛子の背後に、あきれた顔の少年――竜胆が映っていた。いつもと同じ、部屋の中なのにグレーのパーカーのフードを目深にかぶり、おそろいのスウェットを着ている。

顔はよく見えない。綺麗な顔はフードに覆われ、かろうじて唇が見えるだけだ。人形のように美しい長い指も、ほとんど袖に隠れていた。

神から最大の祝福とともに与えられたとしか思えない美貌を全力で無駄遣いしている少年の後ろには、モニターやケーブルが絡まる机、さらにその後ろにはＵＦＯ関係の書物や資料がぎゅうぎゅうに詰め込まれた本棚がある。

「ビデオカメラの使い方のチェックしてるの。このメーカーのビデオ使うの初めてだから練習しないと」

自分や竜胆を撮影しながら部屋の様子もあちこち見ているので、映像はめまぐるしく変わる。

開いているドアから隣のリビングも映した。初めて入ったとき驚いたグレイの等身大人形も変わらずそこにある。

　一つ違うことがあるとすれば、一体しかいなかったグレイが二体に増えていることだ。関節は可動式らしく、挨拶をするように片手を上げている。拡大ズームで撮ると大きな黒い瞳にお互いが映っているのが可愛かった。

「どうしてここでやるの？」

「だって被写体がいないと練習にならないじゃない」

「そんなのそのへんの道で撮ればいいじゃないか」

「ダメに決まってる。いまは肖像権とかいろいろうるさいんだから。下手すれば盗撮扱いされちゃう」

「僕も映していいなんて一言も言ってないんだけど。盗撮扱いしていい？」

「竜胆君って人間小さいのね。お使い頼まれて、暑い中並んで買ってきてくれた恩人に言うこと？」

「部屋の中で好き勝手されるのを黙って見ているだけでも、ずいぶんと寛大だと思うんだけど」

　永楽堂のお菓子をほおばりながら竜胆は言う。

　前のＭＩＢ事件のあとお礼に雛子が買ってきた、甘そうに見えて実はしょっぱい永楽堂のお菓子を竜胆はいたく気に入ったようなのだが、一切通販をしていない。だから雛子に買ってきてと頼む。

最初は命を助けてもらった恩もあり、快く応じていた。しかし、そのついでと通販で買えない電子部品を秋葉原に買いに行かされ始めたころから、雛子は竜胆の使い走り扱いになりつつある。

今日も朝一番で和菓子屋に並び、秋葉原に行ってきた。

が、雛子がその扱いに甘んじているのは、助けてもらったからだけではない。

ヒキコモリの竜胆は料理も全部自分で作る。それがめちゃくちゃ美味しい。仕事帰りの夕食時や今日のように早朝訪ねるときは雛子の分も作ってくれる。お菓子に合わせて出されるお茶もまた美味しい。

今日もインスタにのせたいくらい、素敵な朝食を出してくれた。

部屋は相変わらず寒いし、変な機械で埋め尽くされているが、それを差し引いても魅力的だ。寒さなんてユニクロのウルトラライトダウンでどうにでもなる。

そうこうしているうちに、雛子は竜胆のところによく寄るようになっていた。

「だいたいそんなに練習なんて必要？」

「そういう油断がいけないのよ。何事も準備万端に整えて挑めば失敗もしなくなるじゃない。

あ、これがズームなのね。わっ、意外と大きくなる」

またもや雛子の顔がアップになって、慌てて鼻を押さえる結果になった。竜胆の顔はますますあきれたものになる。

「本当に何やってるの……」

「だから練習！」

雛子はモニターを回転させて、ビデオカメラを構える。撮影されるのは竜胆一人だけになった。

「目撃者のインタビューとかもするんだって。もし決定的瞬間が撮れたらYouTubeで配信して雑誌の宣伝に使うって編集長は張り切ってるの。というわけで練習させて」

雛子がずいっと竜胆に詰め寄る。カメラの中の竜胆は若干引き気味だ。

「インタビューって誰の？　宇宙人？」

「ミステリーサークルを見たって人のインタビュー」

いままで引き気味だった竜胆が急に前のめりになった。

「ミステリーサークルだって！」

「う、うん。やっぱり知ってるよね」

「当たり前じゃないか。六法全書の内容よりずっと有名だよ」

六法全書か。たしかに内容は知らないけれども。なんとも微妙な比較だが口には出さない。

竜胆はいそいそと本棚から資料が束ねられたバインダーを取り出し、雛子の前に置いた。

表紙にはミステリーサークルに関する資料と書かれている。

「え、何これ？　まさかこれ一冊全部ミステリーサークルの資料なの？」

分厚いファイルを前にたじろいでしまう。

「うわっ、しかも1って書いてある。まさか2や3もあるの？」

「4や5もあるよ」

竜胆の言う通り本棚には背表紙にミステリーサークルと書かれたファイルがまだ四冊あり、さらに信じられないことにだんだん分厚くなっている。5にいたっては雛子が持っている1の倍以上の厚さだ。

「どうしてそんなにあるのよ」

「ミステリーサークルはすごい騒がれたからね。とくに八〇年代の熱狂はすごかった」

生まれる前のことを見てきたように言う。

「畑に農作物を倒すことによって描かれたのがミステリーサークル。最初描かれたのは、単純な円だったんだ。直径10メートルくらいのね。それがだんだん複雑で大きな図形になっていったんだ」

ファイルの写真を見せながら説明していく。外国だろうか。広大な麦畑に不可思議な模様が現れる。

「宇宙人からのメッセージって聞いたけど。本当なのかな」

まぎれもなく人為的なものだと思っている雛子だが、竜胆の手前、頭ごなしに否定するのもはばかられた。

「そんなはずないじゃないか」

意外な返答がきた。

「だいたい誰宛のメッセージなんだよ。あれが言語ならＵＦＯは誰宛に書いたの？　ＵＦＯを作れるほどの知的生命体が、人間に読めるかどうかもわからないものを、わざわざ麦を倒して作っていくわけ？　あれが宇宙からのメッセージなんて、まともな思考の持ち主なら間違いだってすぐ気づく」

雛子は思わず絶句してしまう。まさか竜胆からこれほどまともな反論が来るとは思わなかった。

「そ、そうよね。ミステリーサークルはＵＦＯと無関係よね。人間のイタズラで……」

「何言ってるの？　ＵＦＯと関係してるに決まってるでしょう」

「は？」

「あれは人間がＵＦＯに送ったメッセージなんだよ。これならなんの矛盾もない」

「ない、のかなあ？」

やっぱりという気持ちとともに少しだけ安堵する。

パソコンモニターの上に設置されているカメラを見て、金本から聞いた話を思い出した。

部屋を見渡せばあまりにもごちゃごちゃしていてわかりにくいが、天井は高くフローリングも壁紙も高級なものだとわかる。

「そうだ。ちょっと立ち入ったこと聞いていい？」

「いいよ。ミステリーサークルの記号の意味はね……」

「そうじゃなくてプライベートなこと」

「僕のこと？　ミステリーサークルで宇宙人と交信しようとしたことはないな。でもそういう原始的な方法もありかもしれない。そうだ。今度やってみよう」

そう言って天井を見る。屋上に畑を作る奇行に走るつもりなのだろうか。

「そうじゃなくて……。ええと知り合って日も浅いのにこんなこと聞くのはあれなんだけど、竜胆君ってどうやって生計立ててるの？」

さすがに特許持ってるのとは言えない。

「え、特許だけど？」

雛子の遠慮をよそに、あっさり答えが返って来た。

「特許？　いったい何を発明したの？」

「んー、監視カメラを使って個人を認識するシステムっぽい」

なぜかとてつもなく人ごとだ。

「ぽいって、竜胆君が発明したんじゃないの？」

「どうして僕がそんな個人の識別システムを作るんだよ。僕が作ろうとしたのは街中の監視カメラから人間と宇宙人を識別するシステムだよ」

「え？」

「宇宙人は絶対に日常の中に潜んでいるからね。それを見つけたかったんだ。でも残念だけど、宇宙人を見つけることはできなかった。せいぜい個人を特定するくらい」

「でもそれが犯罪防止に使えそうだから特許を申請したんだ。偉いじゃない」

雛子は七つ下の高校生を素直に尊敬した。

「まさか。そんなもの興味なかったよ。宇宙人識別システムのテストのために、とある防犯会社のサーバーに侵入して勝手に導入して試したんだけど、ばれちゃってさ。そこの偉い人がこれは使えるから特許申請しろって言ってきて」

尊敬する気持ちは一瞬にして消えてしまった。一分にも満たない寿命だ。

「興味なかったんだけど、申請しないと訴えるぞって言われて、しかたなく手続きしたんだ。と言ってもやってくれたのはそこの会社のおっさんで、僕はサインとハンコ押しただけなんだけどね。ひどいと思わない？　大人って横暴だよ」

「むしろすごくいい人そうなんだけど」

「どこがだよ。まだ他に使えるものはないのかって根掘り葉掘り聞かれて、またサインとハンコだよ」

雛子はどこの誰ともわからない世話をしてくれた、防犯会社の偉い人に感謝する。ああ、あなたの寛大な気持ちと善意のおかげでこの子は犯罪者にならずにすみました。

「だいたい、あのおっさん、いつも偉そうなんだよ」

「それは偉そうにしていたんじゃなくて、叱ってくれたんじゃないかな。それにその人のおかげでいまこうして立派なマンションに住めるんでしょ。だったら感謝すべきじゃない？」

そもそも竜胆はどうして家族のもとを離れて暮らしているのだろう。以前会った母親とは折り合いが悪そうだったが、家にいづらかったのだろうか。

「このマンションに住む手配もその人がやってくれたの？」

「手配してくれたのはそうだけど、保護者のサインは兄貴」

「へえ、理解あるお兄さんなのね」

「違うよ。僕のやっていることが目障りで、家から追い出したがってたんだよ」

やはり折り合いは悪いらしい。

「それでミステリーサークルの取材はいつ行くの？」

「今日、出社してそこから車で一緒に行くのよ」

「栃木県まで運転って大変そうだね」

「私が運転するわけじゃないから。どっちかっていうと気楽ね」

「一緒に行くってどういう人？　女の人？」

「まさか。女性だけなんて危険でしょ。男の先輩だよ。どうしてアトランティス編集部にいるのかわからないほどできる人かな」

「ふーん」

竜胆は他にも何か聞きたそうにしていたが、珍しく口ごもって黙ってしまった。

4

「じゃあそろそろ行くね」

「宇宙人にさらわれたら、体験談聞かせてね」

「う、うん。さらわれて無事に帰ってこれたらね」

身支度をしてマンションを出る。いまから行けば十時前に出社できるだろう。

立派なシャンデリアのあるエントランスを抜けて外に出ると、マンションの前でうろうろしている女性が目に入った。

その女性はエントランスのドアの前で、何度も往復している。あきらかに不審人物だ。つい先日、命を狙われたばかりの雛子はすぐに身構えたが、身なりはちゃんとしていて、うろついていること以外は不審人物には見えない。なによりどこかで見たことがある気がした。

「あっ」

女性はようやく雛子に気づいたのか、一瞬だけ迷った表情を見せたが足早にその場を立ち去る。その先に車が一台止まっていた。

上品な風貌の男性がエスコートしていた。雛子より年上に見えたが、落ち着いた様子がそのように見せているのかもしれない。雛子のほうを見た眼差しは鋭かった。整った容姿でも近寄りがたい雰囲気を作っている。

男が運転席の人物に合図をすると、車は女性を乗せ走り去ってしまった。

「いまのはやっぱり……」

若い男性のほうは会ったことはないが、女性のほうは見覚えがあった。会ったのは一度だけだが、似た面差しの人物とは何回も会っている。

「竜胆君のお母さんだ」

そしていま雛子に向かって歩いてくる男が何者かも予測はついた。まっすぐに通った鼻筋と綺麗な口元がよく似ている。

着ているスーツは一目で高級な仕立てとわかるものだった。しかし若い男性に高級なスーツを着こなすのは難しい。服に負けてしまうからだ。ここまでスマートに着こなしている人物は、似たようなファッションをした人と会う機会が多い前の職場でもほとんど見かけることはなかった。

「突然失礼します。私は二宮貴章《きしょう》といいます」

苗字を聞いてやっぱりと思う。

「竜胆の兄です」

「あいつとは十歳、年が離れていて、親父が死んでからは私が父親代わりのつもりでした」

雛子が貴章と入ったのは近場にあったカフェだ。雛子はアイスラテを、貴章はコーヒーを頼んだ。

「でも、留学と仕事で何年も日本にいなかったものですから。宇宙人だＵＦＯだと言い始めた時期にそばにいてやれなかったのは、いまとなっては後悔しています」

十歳年上ということは竜胆は十七歳だから、二十七歳ということになる。

「まあ、そういう私も、留学先を大学図書館の大きさで選んだようなものなので、本質的な部分ではあいつと一緒なのかもしれませんね」

「大学図書館……もしかしてハーバードかイェールですか」

「大学図書館でハーバードはともかくイェールの名が出てくるとは。そうなんですよ。どちらも本の蔵書数はすばらしかった。じつのところどちらの大学に行くか迷いました」

なにやら見直されたようだが雛子が知っていたのはたまたまだ。前の編集部の時代に担当した『知的男子と出会う10の方法』という特集記事の中に、留学経験者と会話を弾ませる方法というものがあり、話を合わせるためのいくつかの事柄の中に大学図書館があった。まさかいまそのときの知識が役立とうとは夢にも思わなかった。

「しかしシカゴ大学はよくない。奇抜さばかりに目がいっていて図書館の本質を忘れている。読書室がガラス張りのドームなど、いかにも軽薄な連中が喜びそうなことだ。……ああ、すまない。話が横道にそれてしまった。悪い癖でね」

仕切り直しの意味を込めてか、貴章はコーヒーを一口飲んだあと、単刀直入に聞いてきた。

「なぜあなたは弟の部屋に出入りできるんですか？」

「え？」

「あいつは人間嫌いのヒキコモリだ。このマンションに引っ越してから外に出ることはなくなり、誰とも会わない。家族である私や母でさえ、部屋に入ったことはおろか、玄関先にすら入れてもらえない」

「それはお母様から聞いています」

竜胆の母親とはメールや電話で数回やりとりをしている。竜胆に会えたら報告することが住所を教えてもらう条件だったからだ。

「なのになぜかあなたは出入りできている。母から聞いた話では、取材時だけでなくその後もずっと」

責めるような眼差しを向けてきた。貴章も竜胆と兄弟だけあってとても美形だが、目は兄のほうがきつい感じだ。きついが涼しげで美しい目元が母親によく似ていた。兄は母親似で竜胆は父親似なのか。性格ももしかしたらそうなのかもしれない。

「最初は女に免疫のない弟をたぶらかして取り入った財産狙いの女だと思った。しかしどうにも男をたぶらかすには色気が足りない」

失礼なと言いたかったが、いまの自分ではそんなことを言っても説得力皆無だ。

この前暴漢に狙われて以来、動きやすさ優先の服装になっている。スカートではなくパンツ、ヒールではなくスニーカー。それにアトランティス編集部ではオシャレをしたところでまったく意味がない。セミロングの髪は適当に結んだだけで、メイクも手抜き。気づいてみればあの編集部の空気に染まりつつあった。

「いやこれはですね。臨時の服装といいますか、緊急事態にそなえてっていうか、普段はもっとオシャレで、街でナンパされるかもしれないってくらいにはなるんですよ」

必死に言い訳をする雛子に、貴章は浅くため息をついた。なぜか侮辱された気持ちになりちょっと傷ついた。

「ふう、やはりそういう女性ではなさそうだ」

「若い男性の部屋に上がり込むなんて、配慮に欠けていると言われてもしかたありません。そこは気遣いが足りませんでした」

精一杯の反抗を試みる。誤解されるのはとても困るが、話して五分で違うと断言されるのもどうか。

「でも、弟さんはUFOや宇宙人の話をしたいだけなんだと思います。私の仕事柄というか。今日も弟さんは、ミステリーサークルの取材と言ったら興味津々でしたから」

「やはりＵＦＯですか？　ＵＦＯなんですね。でもどうしてあなただけ？　私も人を雇って宇宙人だと言わせてみたことはありますが、けんもほろろでしたよ」

　貴章がテーブル越しに詰め寄ってくると背が高いだけあって威圧感がある。

「そ、それは私にもどうしてなのかは……」

　なかば体は引き気味にしながら、雛子もなぜだろうと考えていた。竜胆が特別に心を開くようなことを自分は言っただろうか。正直心当たりはなかった。

「あ、でも、マンションを買うことに賛成したのはお兄さんなんですよね？」

「そんなことまで話しているんですか」

「いえ、たまたま話の流れで……」

　貴章はソファに背を預けると、コーヒーを飲みながら話し出した。

「外国が長かったと言いましたね……。親父が死んだときも葬式に帰ってきただけで、母にも弟にも何もしてやれませんでした。高校にまともに行かなくなったと聞いたとき、変わり者で繊細な弟が進学校になじめないだけなのかと。私も同じ学校でしたから独特の雰囲気はわかります。微妙な年齢のときに母親と二人きりより、一人にして好きなことをやらせるほうがいいかもしれないと、マンションを買うことを許してしまった。あいつが稼いだ金ですし、そこから別のやり方で新たな社会への扉も開くかと思った」

浅はかな考えでしたが、と貴章は自嘲的に笑う。

「しかし、才能を実社会に生かすわけでなく、いつまでも宇宙人、宇宙人。あいつはまだ高校生なんです。こんな状態のまま、大人になってほしくない」

雛子はなんと答えていいかわからなかった。貴章の言うことはもっともだが、その通りですね、と簡単に同意すれば竜胆を全否定してしまうことになる。

「……ご期待に添えなくてすみません」

「いえ、こちらこそ。お仕事の前にお引き留めして申し訳ありませんでした。家族の問題ですし、私が日本に帰っている間に、なんとかしなければと思っています」

残り少なくなったコーヒーをじっと見つめながら、貴章は思い詰めたように言った。

5

「あーあー、映ってますか？」

カメラに向かって雛子は首をかしげていたが、表情を明るくした。

「あ、バッテリーは大丈夫そう。ああ、よかった」

「昼間からむやみに撮影しすぎだよ。まあ予備バッテリーはあるから大丈夫だけど」

隣では金本がややあきれた様子だ。

「ただいま夜中の一時です。草木も眠る丑《うし》三つ時、には少し早いですけど周囲は完全にひっそりと静まりかえっています。場所は栃木県にある収穫を間近に控えた田んぼの前です。農家の方の協力で、取材のためにこうして車の中から張り込むことを許されました。はたしてミステリーサークルは現れるのでしょうか」

　バッテリーのことを注意したばかりなのにと苦笑する金本だが、口から出たのは全然別の言葉だ。

「夜中までかかるような仕事でごめんね」

　金本が水筒からアイスコーヒーを注《つ》ぐと小さなコップを差し出してきた。

「大丈夫です。それにこんな刑事みたいな張り込み、ちょっとワクワクしませんか」

　雛子の笑顔に嘘はない。じつのところつい数時間前まではマンションの前で会った竜胆の兄の貴章のことが気になっていたが、取材現場に来てからは不思議なものへの高揚感のほうが勝っていた。

「私が新米刑事で、金本さんはベテラン刑事の役どころです」

「まあ楽しそうでなによりだよ」

　金本は苦笑しつつコーヒーを口にする。

「僕はしばらく他の仕事してるから、園田さんに見張り任せていい？」

そう言ってノートパソコンを取り出すと、車のハンドルに立てかけて器用にタイピングをしている。

「これって時間外手当つくんですか？」

「つくと思う？」

雛子はあきらめて見張りに専念する。広い田んぼにはほとんど明かりはなかった。今夜は満月のはずだが、分厚く垂れ込めた雲に遮られ星も月も見えなかった。

「ちょっと不気味ですね」

「ＵＦＯより幽霊が出そうな雰囲気だね。それはそれで記事になるからいいけど」

金本は顔も上げず淡々と語る。

「ゆ、幽霊はちょっと……」

急に暗い田んぼを見守るのが怖くなってきた。

「ＵＦＯのほうがいいの？　実体あるほうが怖そうに思えるけど」

「宇宙人相手ならほら、友好関係結べるかもしれないですよね。襲ってくるとは限らないじゃないですか」

――宇宙人か。晴れてたら、満天の星が見えるんだろうな。竜胆くんは星空には興味ないのかな。

曇った空を見上げながら、雛子は竜胆のことを思い出していた。宇宙人やＵＦＯの話題になると竜胆を思い出してしまうのはしかたない。彼はなぜあれほどまでに宇宙人にとりつかれたのだろう。

死んでしまった父親との絆、忘れがたい思い出だろうか。

――ないなあ……。

竜胆の宇宙人への情熱に、そんな悲壮感や陰があるとはとうてい思えない。ただただ憧れを語る目だった。喜びを語る口調だった。どこまでも突き抜けていて、馬鹿馬鹿しいくらい本気で、竜胆は宇宙人が好きなのだ。

「うーん、やっぱり私は遭遇するなら幽霊より宇宙人がいいです。同じオカルトジャンルでも霊感ある人ってけっこういますけど、宇宙人に遭遇したなんて人、身近に聞いたことないです。すごくレアじゃないですか？」

金本は少し考えてから意地の悪い笑顔を浮かべた。

「キャトルミューティレーションって知ってる？」

「お菓子のザッハトルテなら知ってます。あ、はいわかってます。トルしか合ってないですよね」

「キャトルミューティレーションはドイツ語じゃなくて英語だしね。二十世紀なかば以降、主にアメリカで起こった謎の家畜惨殺死体のことだよ」

突然生臭い話になった。ドイツ名のお菓子の話とはほど遠い。

「惨殺死体？」

「そう。主に家畜、牛の死体に顕著に見られたんだけど、内臓と血が抜き取られた死体なんだ。なぜそんなことが起きたのか、諸説あるけど原因はいまなお不明。その中の一つにミステリーサークルとの関連づけがあった」

金本の視線が意味ありげに外の田んぼに向けられる。

「ミステリーサークルが現れた近辺の農場に牛の惨殺死体事件が多発する。つまりキャトルミューティレーションは宇宙人の仕業、動物実験じゃないかってね。だから園田さんも宇宙人と会ったら、キャトルミューティレーションされちゃうかもね」

おどろおどろしく話す金本を雛子は冷めた目で見る。

「え、あれ、怖くない？」

「いまどきそんな話で怖がる人いるんですか」

金本はばつが悪そうに頭をかいている。

「一番たちが悪いのは幽霊でも宇宙人でもなくて、人間だってことがよくわかりました」

「ありきたりな結論だけど真理だね」

「それに宇宙人がわざわざ農場に降りてきて、牛の解剖実験をするんですか？　それはもうホラーっていうよりシュールギャグですよね」

「さすがにそんな方法は使わないよ。ＵＦＯから謎の光が降りてきて、牛が宙に浮いてさらわれるらしいよ」

それはそれでシュールな光景だ。

「そうなんですか。じゃあ、私が見たあれも実はキャトルミューティレーションの光だったのかな？」

雛子が思いがけないことを言ったからか、金本は驚いた顔をする。

「え、なにそれ？」

「何年も前、上京する前の年だったかな。上空から何本も謎の光が降りてきたんです。雲の上から」

「はは、すごいねー」

「信じてませんね。いま証拠を見せます」

雛子はスマホを取り出すと、中に入っている写真の一枚を金本に見せた。普通の街並みと空が写っている写真だ。違うのは、上空から地上に何本もの細長い光が降りていることだった。

「え、え、なにこれ？　なんのトリック？」

「トリックじゃないですよ。地元の函館で、私が実際に撮った写真です。あ、友達が撮った写真もあるので見ます？」

そう言って画面をスワイプする。今度は街並みと山のシルエット、そして雲の上から何本も降りているビームのような光だ。

「当時は学校でちょっと話題になりました。そうか、行方不明者が何人か出たって男子が話してたけど、キャトルミューティレーションのことだったんですね」

「ほんとに函館でそんなことがあったの？　すごいマジっぽい話でちょっと怖いんだけど」

「冗談言うためにこんな写真用意しません。私はそのとき上京が決まって、正直光の正体にはあまり興味なかったんです。飛行機のライトだろうくらいに思ってました。でも広範囲で起こってたみたいだし、いま考えると飛行機というのはちょっと無理がありますよね。それに飛行機なら動くけど、これは微動だにしなかったし」

金本が驚いた顔でスマホを見ている横で、雛子はつまらなそうに言う。

「あのころはまさかこんな仕事するとは思わなかったなあ」

雛子の表情が急に沈んだのを金本は見逃さなかった。

「ずっとはしゃいでるように見えたけど、本音はそっちの顔かな」

雛子ははっとした顔で慌てて笑ってごまかした。

「そんなことないです。違います」

「楽しそうに見えたけど、どこか無理してるなって感じたんだ。僕の見立ては、はずれてる？」

「面白いっていうのは本当ですよ。こんな夜中に張り込みなんて初めてだし。ただ……」

「ただこんな仕事に意味はないって思っちゃう？」

「あ、ええと……」

違うと言おうとしてすぐにその言葉が出てこない。

「僕はね、アトランティスに来るまで転々としてたよ。アトランティスの前はチェアマンって雑誌で副編やってた」

「ふくへんって副編集長ですよね。すごいで……って、チェアマンってあのチェアマンですか！」

経営やマーケティングを扱った総合ビジネス雑誌だ。国内のみならず海外でも高い評価を得ている。

「え、あ、な、なにをしでかして、アトランティスなんかに？」

「はは、なにもしてないよ。ただふと嫌になってね。マーケティングの裏側を知ると、いろんなものが見えてくる。夢と感動の舞台裏と仕掛けがね。そのうち踊らされている消費者がただの馬鹿に見えてくる。そして馬鹿にしている自分が嫌になる。他人を見下して自分を嫌悪して、そんな毎日に疲れたんだ」

一瞬見せた疲れた表情は、そのときの金本の面影だろうか。

「収入は三分の一。妻がよく離婚を言い出さなかったと思うよ」

前はいったいどれだけ稼いでいたんだろう。

「あの、でも、だからってどうしてこんな雑誌……じゃなかった、まるっきり別のジャンルにきたんですか？」

雛子の質問に、意外な言葉が返ってきた。

「園田さんは月に行けるって思ったことある？」

「え？　自分がですか？　うーん、ない……かなあ。宇宙ステーションくらいの範囲なら、ものすごくお金出せば行けるんでしたっけ？」

「僕が生まれたころはちょうどアポロが月に行ったころでね。兄や姉はテレビで着陸を見た世代なんだ。僕は覚えてないけど、小さいころは大人になったら普通に月に行けると思ってた。だから宇宙とか銀河って言葉がむしろいまより身近だった。ネッシーとかヒバゴンとかナスカの地上絵とか。不思議なものも流行っていたし、ツチノコや口裂け女みたいな都市伝説も、ＳＮＳなんてないぶん妙に信憑性《しんぴょう》があってね。昭和だなあ、って言ってしまえばそれまでなんだけど」

「ああ、わかります。お父さんが同じようなこと、言ってました」

「わかりますって、そっち？」

うわあ、とうとうその言葉を若い同僚から言われる立場になったか、と金本は大げさにハンドルにつっぷしてみせる。

「す、すみません、金本さんのほうがぜんぜん若くてかっこいいです」

「いいから、いいから。で、まあ、ね。チェアマンで行き詰まってたとき、深夜のコンビニでアトランティスを見つけたんだ。子供のころはよく読んでた。あのころと何も変わっていないのが、妙に嬉しくて懐かしくて。いや、懐かしいっていうのとも違うか。ほんとに変わってないんだよ。世の流れとかスポンサーの意向とか、ぜんぜん関係なくってね」

金本は後部座席に置いてある、アトランティスの最新号に目をやった。

「嘘はいっぱい書いてある。でも、真の意味で読者をだますような記事を書く必要はない。広告主の一声で、修正が入ることもない。あんがい自分の書きたいことを自由に書けたりもするんだよ。これが一番大きい理由かな。……って、はい、ジジイの自分語りはこれでおしまい。次は園田さんの番だよ」

「え？」

「僕にだけこんな恥ずかしいことさせないでよ。なんで編集者になろうと思ったの？　うちの出版局と違って、ＬｉＬＩの編集部があるところはすごい倍率でしょ」

「私は……雑誌が好きなんです」

突然話をふられて戸惑ったが、自然とそんな言葉が口から出てきた。

「小説やマンガも好きだったけど、一番好きなのがファッション誌でした。ファッション誌って服だけじゃなく、旅行とか料理とかインテリアとか素敵なものがたくさん載ってて。現実は、セレクトショップなんてない函館の田舎でも。アンティークのサイドボードとか置く場所もない１Ｋの東京のアパートでも。見てる間は、わー綺麗だなって。素敵だなって。こんな服着てみたいな、ここに行ってみたいなって」

金本は静かに相づちをうちながら聞いてくれた。

「母がエルメスやシャネルのバッグが載ってる雑誌をいいなあって見てたとき、父がそんなもん買っても合わせる服も持っていく場所もないだろうって言ったんです。そしたら母が、パパが眺めてる車の雑誌と同じよって。父はスポーツカーが大好きで。乗ってるのはワンボックスなんですけど。でも誰にとっても、自分の好きなジャンルの雑誌って、実用だけじゃなくって、夢の扉でもあるんだなって」

ここまでは面接でも答えたことだった。なぜ『ＬｉＬＩ』に入れたか自分でもわからないが、この気持ちが通じたのなら嬉しい。

「さっきの金本さんの言ってたこと、ちょっとわかります。もちろん二年目の私なんかが言えるようなことじゃないんですけど。よく、仕掛けるって言葉、使うじゃないですか。流行って作られてるんだなって思ったし、広告主のヨイショ記事なんて普通だし。いまはインターネットで露骨なくらいステルスマーケティングが行われてるじゃないですか」

「少し失望した？」

「そんなことないです。いえそんなことあるんですけど、マイナス分を補うプラスができたっていうか。インターネットに押されて、不況なのもたしかで、実際、廃刊にもなっちゃって、先が厳しいのもわかってます。それでも、雑誌って特別な力があると思うんです。雑誌の大きいカラーページって、モデルさんとカメラマンさんだけじゃなくって、スタイリストさんとかヘアメイクさんとかライターさんとかデザイナーさんとか……その前にその服や小物を作ったデザイナーさんとか、それはもういろんなプロフェッショナルがかかわってて。いいお仕事されたページって、ぜんぜん違うって。才能があるクリエイターの手で形作られて、紙に印刷されたページはすごい力を持ってます」

「……いい言葉だね。ちょっと感動したよ」

「え、そ、そうですか？」

「うん。いまの録画した音声をチェアマンをやめる前の僕に聞かせたら、少し考え直したかもね。それくらい心に響いたよ」

「いや、そんなあ……って、いま録画って言いました？」

「ビデオ回りっぱなしだから。音声は拾ってるよ」

「ええ、嘘っ！」

慌ててビデオカメラを手に取ると、確かに録画中になっている。

「消します。消さないと。ええと、停止ボタンって……」

慌てる雛子と笑う金本の横顔が明るく照らされた。最初それは車のライトかと思った。しかし光の方角には田んぼとあぜ道しかない。車が通るのは不可能だ。

二人は光の方角を見る。そこには車の姿も人の姿もない。あるのは光だけだ。

「あれ、なんですか？」

上空から一筋の光が畑に降りていた。

「まさか……」

雛子の脳裏をよぎったのは函館で見た空からの光だ。ただそのときよりずっと鮮烈で夜の闇に慣れた目にはまぶしかった。

　さらに追い打ちをかけるように突然、車が大きく揺れ始めた。

「え、な、なに？」

　雛子が慌てて車にしがみつく。そうしなければならないほど揺れたわけではないが、異常事態への混乱がそうさせた。隣では金本も同じようにハンドルに捉《つか》まっている。ほぼ同時に鳴り出したクラクションの音は、金本が原因だった。

　揺れたのはほんの十数秒だろうか。光と揺れが収まってもしばらく呆然と見ていたが、金本がドアに手をかける。

「金本さん、どうするんですか」

「行ってみるんだよ。正体を確かめないと」

「でも危険じゃ」

　金本が話したキャトルミューティレーションの話を思い出す。馬鹿なという気持ちはあったが、それでも恐れの感情が生まれた。

「ここで指をくわえて見てるわけにもいかないだろう」

　金本が思い切ってドアを開けようとしたとたん、今度は二人の周囲がまばゆい光に包まれた。眼球の奥に突き刺さるような光だ。あまりの明るさに目がくらむ。

雛子と金本は悲鳴を上げて、目を覆う。完全な恐慌状態《きょうこうじょうたい》に陥った。

どれだけ時間が経過しただろうか。数十秒か数分か。ようやくくらんだ目が視界を取り戻してきた。

「え、あ……」

車の中に金本がいないことに驚く。しかし消えたわけではなかった。車の外に金本の姿がある。雛子も慌てて外に出ると金本のあとを追った。

「金本さん、どこに行くんですか」

「さっき光が降りてきた場所だよ」

いつのまにか空から降りていた光はなくなっていた。金本が持っている懐中電灯の光があるだけだ。

「私も行きます」

慌てて金本のあとを追いかける。このとき回りっぱなしのカメラを手に取ったのは奇跡的だ。

金本が先行しその後ろ姿を撮りながら、雛子も走る。やがて金本の足が止まった。なぜ止まったのか、その理由を雛子はすぐ知ることになった。

「嘘でしょ……」

雛子の脈拍が速くなったのは、走っていたせいだけではなかった。光が注いできた場所に近づくにつれて信じられないものが見えてきた。

田んぼの中心部がへこんでいる。そのように見えるのは、作物が倒れているからだ。倒れた場所は綺麗な円形をしていた。

「まさかミステリーサークル」

さっきまでそんなものはなかった。光が発生してから数分と経過していない。その間にできたというのだろうか。

放心状態でミステリーサークルを見ていた二人だが、やがてもう一つのことに気づく。

「真ん中に何かないですか？」

倒れた稲とは違う色が中心部にあった。最初は土がむき出しになっているのかと思ったが、それにしては色が薄かった。

金本が照らしているライトがミステリーサークルの周囲を回っている。

「どうしたんですか？」

「いや人が踏み込んだあとがないかと思ってね。でもなさそうだな」

金本は誰かが作ったのではと疑っているようだ。しかし光に覆い尽くされ目がくらんだのはせいぜい数分だ。そんな短時間で作れるものとは思えない。

それに人が足を踏み入れたあとはない。生い茂っている稲の中央にミステリーサークルがあった。

「真ん中にあるのはいったいなんなんだ」

「そ、そうだ」

雛子は首にかけていたビデオカメラのことを思い出す。望遠もついている。遠目にわからなくてもこれなら何か映せるかもしれない。

「貸して。僕のほうが上背があるから、高いところから撮りやすい」

雛子がビデオカメラを渡すと、金本はライトを照らしながら高く持ち上げて撮影した。

「何か映ってますか？」

金本は撮った動画を液晶画面で確認していた。その表情が見る間にこわばっていく。

「金本さん？」

「……警察の出番だな」

硬い声でそれだけを言った。

「ミステリーサークルって警察の領分なんですか？　イタズラだとしたら確かにそうかもしれませんけど」

しかしそれでは金本の硬い表情の説明がつかない。雛子は何が映っているのか液晶をのぞき込む。金本は慌ててカメラをどけた。

「見ないほうがいい」

そう言った金本の言葉は雛子の耳に届いていなかった。

「な、なんなんですかそれ……」

「たぶんばらばらになった牛の死体だ」

カメラに映っていた死体。その状態は金本が車の中で話したキャトルミューティレーションの状況に酷似していた。

6

金本が通報の電話をしてまもなく、パトカーのサイレンの音が近づいてきた。

「……おかしい」

サイレンの音が引き金になったのか、金本は思い出したかのように話す。

「おかしいって何がですか？」

声がのどにからむ。口の中がからからに乾いていた。

「だってそうだろう。僕たちが光を見てからミステリーサークルを発見するまでせいぜい数分だ。たったそれだけの時間で、田んぼの稲をミステリーサークルの形にして、牛の死体を置くなんて芸当できると思う？　それにあのミステリーサークルはどうやって作ったんだ。周囲に踏み荒らしたあとはない。あの目もくらむような光もなんだったのかわからない。これじゃまるで……」

金本は次の言葉を言いよどむ。

「まるで本当にUFOがミステリーサークルを作って、キャトルミューティレーションされた死体を置いていったみたいですね」

灯りが乏しくてよくわからないが、金本の顔色が優れないのは想像ができた。かくいう自分も相当青い顔をしているに違いなかった。

「園田さんはまさか信じてるの？　UFOがやったって思ってる？」

「……わかりません」

目の前にパトカーが止まり警官が降りてきた。近づいてくる人影を見ながら、雛子は肯定も否定もできなかった。

現場で一通りの事情聴取を受け、終わったのは午前四時。夜明け前だった。

「そうだ、動作チェック」

ビデオカメラに自分の顔が映っているのを確認すると、突然車の窓を叩く音がする。

「ひゃっ！」

驚いた声を出したが、窓からのぞき込んでいるのが金本だと気づきほっとした。

「ごめん、驚かせるつもりはなかったんだ」

胸をなで下ろす雛子に金本はすまなそうな顔をする。

「データのコピーはできた？」

「はい、昨日からの映像データは全部パソコンに移しました。これが警察に渡すSDカードです」

SDカードを金本に渡すと少しだけ雛子の表情は軽くなった。

「じゃあ編集部のほうにデータを送っちゃって。僕のパソコンは通信機能ついてるから大丈夫。メールじゃなくてアップローダー使ってよ。もちろんパスワードはしっかりかけて」

「はい、わかっています」

「これが終わったら、園田さんは始発で帰るといいよ。警察には僕のほうからうまく取りなしておくから。あと一時間もすれば電車も動き出す」

「いいんですか？」

「なんとかするよ。帰りは送ってあげられなくてごめんね」

「あ、いえいいんです」

「それとこの事件は他言無用でね。園田さんが人に言いふらすような人じゃないのはわかってるつもりだけど」

「はい、わかってます」

「いや、一人だけ話してみてほしい相手がいたな」

意外な人物の名を金本が挙げた。

「この前取材した二宮竜胆君。彼ならＵＦＯに詳しいし、頭もいいようだ。今回の事件でも何か手がかりを見つけるかもしれない」

前回暴漢に襲われたときのあらましは編集長や金本には話していた。竜胆が見せた洞察力のおかげで、助けられたことに違いはない。かなり偏った助けられ方だとしても。

「彼なら映像から何か手がかりを見つけるかもしれませんが……」

「お願いできるかな？」

「はい、聞いてみます」

謎の光にミステリーサークルにキャトルミューティレーション。竜胆は大喜びで事件に興味を持つだろう。

7

金本の言う通り始発の電車で帰って自宅に戻り、いったんシャワーを浴びて三時間ほど仮眠をとってから、竜胆のマンションに向かう。その間にメールで相談があると送っておいた。

「話って何？　ＵＦＯの映像でも撮れたの？」

いつもと同じパーカーとスウェットを着たまま玄関に出てきた竜胆は、まったく期待していない声であくび混じりに聞いてきた。

「うん、撮れた」

雛子が肯定しても寝ぼけている竜胆はふーんと気のない返事をするだけ。しかしすぐに雛子の言った言葉の意味に気づいたのか、慌てて詰め寄ってきた。

「ＵＦＯが撮れたって？　マジで？」

竜胆の顔はすぐ目の前にあった。この少年はときどき、とんでもなくパーソナルスペースを侵略してくる。

「ＵＦＯが撮れたっていうか、ミステリーサークルができる瞬間かな。でも見えたっていうか見えなかったっていうか」

「どっちなの？」

「空から光がパーッて降ってきて、まぶしくて見えなかったの」

竜胆はすげーっと一人で盛り上がっている。

「あとキャトルミューティレーション」

「家畜の死体まであったの？」

雛子は硬い表情でしばらくうつむいていたが、かすれ声でつぶやく。

「うん、牛の……」

雛子が見たのはビデオカメラ越しに少しだけ映った液晶の画面だ。それでも充分に気持ち悪かった。

「すごい。ＵＦＯの発光をそこまで間近に見たなんて」

竜胆が尊敬の眼差しを送ってくる。いままで見たことのない純粋な称賛であったが、雛子の気持ちはただただ複雑だ。

「ＵＦＯって決まったわけじゃないけど」

「決まってるじゃないか。状況から察するにほんの一、二分の出来事なんでしょう。老人達がやった板を使う方法だって、そこまで早くミステリーサークルを作ることはできない。つまり本物ってことだ」

話の要点はきちんと押さえている。やはり基本は賢いのだろう。しかしそれ以上に気になることを言っていた。

「老人達がやった板の方法？」

「ミステリーサークルを最初に作ったっていうイギリスの老人、ダグとデイブの二人だよ。作り方は簡単。畑に足跡を残さないように、彼等は細長い板を使って棒高跳びの要領で畑の内部に侵入する。そして今度はその板で畑の作物を倒して踏み固めたんだ。出来上がるまで数十分ってところかな」

「そんな方法があるんだ。でも……」

雛子が見た現象はそのやり方では無理だろう。ミステリーサークルは田んぼの中心部にあった。棒高跳びの要領で入れるかもしれないが、そんな目立つことをしている人がいたら気づく。それに目を離していたのもせいぜい数分だ。

「そう。今回のケースは老人達の方法じゃできないんだ。これはもう正真正銘、間違いなく、UFOの仕業だね。それで牛の死体はどんな状態だったの？　血はやっぱり抜き取られてた？」

「待って。あまり思い出したくない」

雛子が見たのはカメラの液晶と警察が見せてきた現場写真だけで、直接にはほとんど見えなかった。肉眼でわかったのはミステリーサークルの中央に何かあるといった程度のものだ。それでも思い出すだけで気分が悪くなる。

金本は現場まで行って立ち会ったというのだから、心臓の強さは半端ない。

「ちょっとトラウマになりそうな感じ」

「しばらく焼肉食べるの無理そう？　ああ、僕もその場にいたかったな。僕は鶏肉のほうが好きだし、大丈夫」

「大丈夫って……。うまく説明できる自信ないから、このビデオカメラの映像見てくれる？」

「警察に没収されなかったの？」

「メモリーカードは証拠として渡したけど、その前にコピーしたから。ともかく見てみて」

渡したデータはすぐに竜胆の大きい４Ｋモニターに表示される。

「画質、あまりよくないね」

「古いビデオカメラだから」

それからしばらく竜胆はビデオカメラの映像に見入っていた。車の外が光って、駆けつけるとミステリーサークルができていて、中央にある牛の死体を遠目に撮っている。そんな内容だ。

ビデオカメラの録画を停止し忘れていて、酷く揺れている地面の映像や、このあとにやってくる警官の姿まで映っている。

「どう？　何かわかりそう？」

一通り見る間も見終わったあとも、竜胆は思ったよりも静かだった。

「雛子さんから見て、UFOの光はどんなふうに見えていた？」

なぜか冷めた顔をしている。

「どうって言われても、突然のことで何がなんだか。ただ昔見たUFOっぽい光と似てるようなそうでないような……」

「昔見たUFO!?」

興味をなくしかけた竜胆が勢いよく身を乗り出す。勢いでフードがとれて鼻息がかかるほど顔が近い。

「近い、近いって！」

雛子が押し返しても竜胆の鼻息は荒いままだ。誤解されかねない興奮のしかただ。

「まあ竜胆君がどういう子かは知ってるからいいけど、他の人にそんな態度をしちゃダメよ」

ただでさえ無駄にイケメンなんだから。ついでに何をどうしたらそんなに肌が綺麗なのか教えてほしい。やっぱり紫外線に当たらないからだろうか。

「それでいつUFOを見たの？　何型？　やっぱりアダムスキー型？　三角形型？　円盤型？　それとも葉巻型かな。宇宙人は見た？　さらわれた？　UFOに乗ったの？　解剖はされた？　変なチップは埋められなかった？」

UFOを見たという一言で、なぜここまで急《せ》くことができるのか。

「ちょっと待って。見たとしか言ってないでしょ。本当にUFOっぽい光を見ただけ。宇宙人に会ってもいないしさらわれてもいないし、まして解剖なんてされてないから」

「なんだ」

竜胆はつまらなそうにする。解剖されたほうがよかったと言いたそうなのは、問い詰めるまでもなく明らかだ。

「本当に光を見て写真に撮っただけだから。ほら」

スマホに保存してある写真を竜胆に見せた。

「写真持ってるの？　いままで秘密にしてたのが怪しい」

「うっかり忘れてたの。それくらい私にはどうでもいいことだったんだから」

何枚か写真を見せると、竜胆はなにやら考え込む表情をした。

「これみんな別々のところから撮ってるね」

「友達の分もあるから。それだけ広い範囲で目撃されたの」

「ふうん、雛子さんの故郷ってどこだっけ？」

「函館だよ。それが何か関係あるの？」

「うーん、まあ……」

「私の写真はいいの。ねえ、昨日の夜のミステリーサークルとキャトルミューティレーション、どう思う？」

「ああ、あれね……」

なんとも歯切れの悪い返事が続く。

「画像はコピーさせてもらっていい？　参考までに」

自分の写真がＵＦＯに関係あるとは元々思っていなかったが、昨夜の大事件もあまり竜胆の興味を引けなかったのは予想外のことだった。

8

「もっと食いついてくると思ったんだけどなあ」

竜胆のマンションからの帰路、雛子はとぼとぼ歩きながら、街のウィンドウに映る自分を見た。

疲れた顔が映っている。昨夜のショックだけが理由ではない。思っていた以上に竜胆に何か期待をしていた自分がいたことに自分でも驚いていた。

「あれ？」

編集部に行こうと歩いていた雛子の足が、交番の前で自然と止まった。交番の中には二人の警官がいる。一人は書類の整理を、もう一人は初老の男性に地図を見せて道案内をしていた。

なぜだろうか。彼等の様子が何か雛子の心に引っかかった。何が心に引っかかるのかわからないまま、眉根を寄せてじっとその様子を見ていると、書類を整理していた警察官が雛子に気づいて交番から出てきた。

「何かお困りですか？」

「あ、いえ、そうではないんです。ただなんとなく気になって見ていただけですので。お仕事の邪魔をしてごめんなさい」

「そうですか。何かお困りでしたらいつでも遠慮なく声をかけてくださいね」

警察官は笑顔を見せて交番の中に戻っていく。そのにこやかな態度は昨日の警察官とはずいぶんと印象が違う。それは当然だろう。昨日は牛とはいえ事件現場だ。彼等がいまの警察官のようににこやかだったら、それこそおかしい。

警察官は心配そうに一度振り返ったが、そのまま交番に戻った。雛子もこれ以上ここにいてはまた不審者扱いされると思い、立ち去ることにした。

何がおかしいと感じたのか、駅への道すがら考えたが答えは出てこない。

「ちょっと休もう」

三時間しか寝ていない。徹夜は慣れているが、移動、移動でさすがに疲れた。

東京の真ん中でも午前中の空気は気持ちいい。オープンカフェで道行く人をぼんやり眺めた。

こういう気分のときは行き交う人々の観察に限る。人間観察なんて高尚なものではない。ただのファッションチェックだ。

ブランド物で固めた人もいれば、ファストファッションの安い服をうまく組み合わせて個性的で可愛い格好をしている人もいた。まだ暑さが残る九月なのに、秋物の新作を着ている人もいる。オシャレは我慢。前の職場の編集長がよく言っていたっけ。私も去年のいまごろは、もうショートブーツをはいていた。

そんなことをつらつらと考えながらカーキ色のミリタリーブルゾンを追っていた雛子の目がとまった。

「え？　あれ？」

腕や胸にワッペンがついた基本的なミリタリーデザインは、警察官の制服にも共通するものがある。

さっき警察官を見たとき引っかかった違和感の原因はこれだろうか。

急いでカフェの支払いをしてさっきの交番に戻った。

先ほど雛子に話しかけてきた警察官がいぶかしそうにまたやってくる。

「やっぱり何か困りごとですか？」

最初のときより声が硬い。不審な行動だと自覚はあったので、雛子は苦笑いするしかなかった。

「え、ええと、帝都劇場ってどこですか？」

適当に思いついたことを問いかけながら、じっと警察官を観察した。やがて一つの確信が雛子の中に芽生えた。

警察官は丁寧に道を教えてくれたが半分以上うわの空だった。話が終わるやいなや、いま来た道を引き返して竜胆のマンションに戻る。

『なあに？　昨日の事件なら僕は興味ないよ』

インターホンから聞こえる竜胆の声は本当に興味なさそうだった。

「うん、乗り気じゃないのはわかってる。でもいま、おかしいなって思ったことがあるの。これがどういう意味なのか竜胆君の意見を聞きたいの。お願い」

雛子は先ほど警察官を見て気づいたことを簡潔に言った。

「これってどういうことだと思う？」

少し考えているような間のあと、竜胆は思ったより真剣な声で言った。

『これは、大きな陰謀ってことだよ』

「陰謀？」

『興味ないって言葉、取り消すから。雛子さん、一緒に現場に行ってくれる？』

9

雛子が現場近くの駅について金本に電話したのは、もう日も沈んだころだった。

「いま駅につきました」

『お疲れ様。二宮竜胆君は一緒なの？』

「あ、彼はいまちょっとトイレに行ってます。慣れない外出で気分が悪くなったって。お迎えは三十分後くらいでお願いします」

金本は何かあったときのために地元の旅館に泊まっていた。

『わかった。じゃあ三十分後に車まわすから待ってて』

戻ってきた竜胆と一緒に駅のベンチで待っていると、時間通りに金本の乗った車が姿を現した。

「おまたせ。遠いところまでありがとう。ええと、そっちの男の子が二宮竜胆君かな。初めまして、金本邦彦といいます」

竜胆は自己紹介されている間も、パーカーのフードを目深にかぶったまま、金本のまわりを子犬のようにぐるぐる廻って観察していた。

「ほら竜胆君、君も自己紹介して」

「この人本物？」

雛子の催促に対して竜胆はとても彼らしい答えを返す。

「本物って何が？」

「だってUFO現場に居合わせたんでしょ。だったらさらわれて解剖されて頭にチップの一つや二つ埋め込まれているかもしれない。それとも中身はもう人間じゃないかも」

竜胆が金本のほおや髪を引っ張るのを、雛子は必死に止める。

「うん、よくわかったよ。君が二宮竜胆君。噂通りだね」

金本が握手をもとめて右手を差し出してきた。竜胆も同じように手を差し出したので一瞬ほっとした雛子だったが、期待はまたもや裏切られる。

竜胆の手は握手などせず、金本の眼前に突き出された。

「これできる？」

中指と薬指だけを曲げた宇宙人の見分け方、雛子がメロイックサインと呼んだ手の形だ。

「できるよ。ぐわしだね」

そう言って金本は中指と小指だけを曲げてみせる。

「ぐわし？　なんですかそれ？」

二人には金本の言っている意味がまるでわからない。

「いやいい。ちょっとジェネレーションギャップを感じただけ」

金本が哀愁漂う顔で言う。

「それと曲げてる指違いますよ」

雛子がメロイックサインを見せる。金本は同じようにやろうとしているがうまく指を曲げることができなかった。

「それ難しいね」

「金本さんがやったぐわしのほうが全然難易度高くないですか？　あんな曲げ方指がつりそ

うなんですが」

　二人のやりとりの間、竜胆の視線はますます険しくなる。

「怪しい……。雛子さん、そいつから離れたほうがいいよ。人間じゃないかもしれない」

「ちょっと待って。竜胆君の理屈なら金本さんの指の曲げ方でも問題ないでしょう」

　宇宙人の指は三本だから指の曲げ方に限界があるというのが、竜胆の言っていた宇宙人との見分け方法だ。

「僕もあんな指の曲げ方はできない。だから逆に怪しい。中身は宇宙人じゃないかもしれないけど、宇宙人が作ったロボットって可能性はあるよ」

　竜胆の誤解を解くのにしばらく時間がかかってしまった。


「何か嫌な予感がするんだ」

　金本が車を発進させてまもなく、竜胆が何事かをぶつぶつとつぶやき出した。

「嫌な予感ってなんだい？」

「嫌な予感は嫌な予感だよ。予感である以上、そこに合理的な回答はない」

　金本の質問に竜胆はつっけんどんに答える。なぜだか金本に対する敵愾心《てきがいしん》めいたものを感じた雛子だったが深くは突っ込まないことにした。

たぶん金本の宇宙人疑惑が晴れていないとかそういう理由だろう。

「こんなに暗くて道わかりますか」

街灯すらないだだっ広い農地を進むのは、明るい都会の道路と違い、ヘッドライトが照らす範囲内のことしかわからず、けっこう怖い。

「なんとかなるよ。ほら目印も見えたし」

ヘッドライトの照らした先に、黄色いテープで囲いがしてある田んぼが見えてきた。事件現場を保存するためのバリケードテープだ。

「つい昨夜だっていうのに、警官の姿がないんだね」

竜胆が怪訝そうに言う。

「そうねえ、誰かいそうなものだけど」

「捜査は昼間充分にしたんじゃないのかな。見張りはどうなんだろう。田舎の田んぼの中では、現場が荒らされることはないって考えたのかもね。もしくは職務怠慢か」

金本も苦笑を禁じ得なかった。

「ミステリーサークルはどこにあるの？」

「あのテープで囲ってあるところだよ。行ってみるかい」

竜胆はすぐに返事はせずじっとライトに照らされた田んぼの周辺を見ていた。

「竜胆君、どうしたの？」

様子がおかしい。なぜかためらっている。あるいは落ち着きがなかった。

「来る途中も言ってたでしょう。今回は嫌な予感がするって。なんだか首を突っ込んじゃいけないものに首を突っ込んでるんじゃないかって思って」

雛子もためらいを感じていた。ただし竜胆のように漠然としたものではなく、昨夜あそこに牛の死体があったという事実に対してだ。

警察の姿がないことが不安に拍車をかけていた。

「大丈夫、行ってみよう」

金本だけが気丈な声で歩き出す。車のライトで照らされてはいるが、それでも明るさが足りないのを感じて手には懐中電灯を持っている。

「そんな馬鹿な……」

先頭を歩いていた金本がうろたえた声を出した。

「え、どうしたんですか」

「まさかそんなはずはない」

金本の足が速くなる。雛子と竜胆も慌ててあとに続いた。

やがて黄色いバリケードテープの前につくと、金本はテープで囲われた田んぼを照らす。そこにはあるべきものがなかった。

「これはどういうことですか……」

雛子も唖然《あぜん》とする。

「雛子さん、ミステリーサークルはどこにあるの？」

竜胆は昨夜現場にいなかったぶん、うろたえてはいなかった。ただ二人の慌てぶりから察してはいるだろう。

「ないの。どこにも」

「え？　だってここでしょう？」

「そうよ、なのに、ミステリーサークルがなくなってるの！」

バリケードテープに囲まれた場所は稲がすくすくと育っていた。ミステリーサークルどころか倒れている稲の一本もなかった。

10

「いったいどうなってるんだ……」

金本は呆然と立ち尽くしている。雛子も驚いてはいるが、一人ではないせいか少し落ち着いていた。

「そんな馬鹿な。どうしてこんなことが起こる」

しかし金本はそうではなかったらしい。昨日のほうがまだ落ち着いて見えた。必死に周囲をライトで照らしているが、ミステリーサークルはどこにも見当たらなかった。しまいには稲をかき分けて田んぼの中に入ってしまった。

「ない、ない。どこにもないぞ。消えるわけがないんだ」

「現れるわけがないものが現れたんですから、消えるわけがないものが消えることもあると思いますよ」

「そうじゃない！」

金本が予想外に強い言葉を返してくる。驚いている雛子を見てようやく冷静さを欠いていることに気づいたのか、金本は申し訳なさそうに謝ってきた。

「大きな声を出すつもりはなかったんだ。驚かせたのならすまなかった」

「いえ、いいんです。ただちょっと不思議だったので。たしかにミステリーサークルが消えたのは不思議ですけど、昨日の出来事に比べればまだショックは小さかったです。昨日の出来事は悪い夢なんじゃないかって思ったりもするんです。でも金本さんは今日のほうが取り乱しているように見えます。ＵＦＯの光や車が揺れたときのほうが私にはずっと怖かったです」

「いや、僕だって昨日は怖かったよ。キャパオーバーなんだ。いろいろありすぎて精神状態が……」

　その様子を冷ややかに見ていた竜胆が言う。

「もっと単純な理由があるよ」

　雛子と金本が思わず竜胆を見る。

「この人は、昨日は本当は驚いてなかった。今日は本当に驚いてるってだけ」

「どういうこと？」

　雛子は不思議そうに首をかしげる。

「簡単だよ。この人は昨日ミステリーサークルができることを知っていたんだ」

　金本は顔を引きつらせて竜胆を見返した。

「知っていたってどういうことだい？　初めて会ったときといい、君は突拍子もないことを言うのが好きなのかい？」

「雛子さん、そのビデオカメラ貸してくれる？」

あっけにとられる雛子の横で、竜胆はいつも通り自分のペースで話を進める。

ビデオカメラを渡すと竜胆は再生ボタンを押した。ＵＦＯが現れたときの様子をざっと流していく。

自分の驚いた叫び声や悲鳴を聞いて、雛子は急に気恥ずかしくなった。

「素人が偶然撮ったからこその臨場感があるよね。逆に映画やドラマだとこういう雰囲気は出ない。ドキュメンタリーのいいところだね」

「いいや違うよ。一連の出来事はドキュメンタリーなんかじゃない」

金本の言葉を否定して、竜胆はビデオカメラを突きつけた。

「この事件は一種のモキュメンタリーなんだよ」

「モキュ……なに？」

聞いたことのない言葉だ。

「モキュメンタリーで代表的なものと言えばブレア・ウィッチ・プロジェクトなんだけど」

「ぶ、ブレ……プロジェクト？」

知らない言葉が次々と飛び出す。プロジェクトというからには何かの計画に違いない。モキュなんとかもきっとＵＦＯや宇宙人関係だ。

「ブレア・ウィッチ・プロジェクトは一九九九年に公開されたモキュメンタリーのホラー映画」

「え？　ホラー映画？　宇宙人関係ないの？　ええと、話が飛びすぎてよくわからないんだけど。それが今回の事件と何か関係があるの？」

「あるよ。大いにある。なぜなら今回の事件もモキュメンタリーなんだから。本当はジャージー・デビル・プロジェクトのほうがモキュメンタリーホラー映画では先だったんだけど、メジャーな作品のほうがわかりやすいでしょう」

ちっともわからない。メジャーとマイナーがマニアの間でしか通用しないジャンルの典型だ。

「だから、モキュメンタリーって何？」

「疑似ドキュメンタリー映画のことだよ。ドキュメンタリーに見せかけたフィクションのことをモキュメンタリーって言うんだ」

「やらせとは違うの？」

「少し違う。見る側はフィクションだってわかってるから。本当は宇宙人を扱ったフォース・カインドのほうが実話を元にしてて僕好みなんだけど、もっとマイナーだから」

「ぜんぜん話が見えないんだけど、つまりどういうこと？」

竜胆はまだわからないのかという顔をしている。

「モキュメンタリーを作るとき、迫真の演技をさせたいならどうすればいいと思う？」

「え、ええと名優を雇うとか？」

「はずれ。もっと簡単な方法があるんだよ」

竜胆は雛子を指さして言う。

「出演者にモキュメンタリーじゃなくてドキュメンタリーだって言って参加させるんだ」

「ちょっと待って。今回の事件はモキュメンタリーってことなの？」

雛子も自分を指さし驚いた。

「もしかして知らないの私だけ？」

「もしかしなくても雛子さんだけだね。そこの金本って人は知っていた。いや主犯なのかな」

金本を指さし竜胆は言う。

「だからミステリーサークルが現れたときより、消えたときのほうが驚いたんだ。そんなシナリオは彼の中になかったからね」

雛子は驚いて金本を見る。そんな馬鹿なという気持ちがあった。反射的に金本を見たが、半分以上は信じていなかった。しかしそこには、ばつの悪そうな顔をした金本がいた。

「でもどうやってミステリーサークルを一瞬で作ったの？　竜胆君の言っていた細長い板を使う方法でも、すぐには作れないでしょう」

「バカバカしいけど簡単な方法。あらかじめミステリーサークルを作る。その上にカバーをかけて、上に偽装の稲を置く。雛子さんが来るときは深夜で真っ暗だからちょっとした差なんてわからない。そして時間がきたら、強烈な光を発生させて目をくらませる。光は業務用の強力なフラッシュライトを使ったんだろうね。目がくらんでる間に、他の仲間がミステリーサークルのカバーを外したんだ。たぶん長い棒を使って、あぜ道から持ち上げたんだろうね」

「空から降りてきた光はどうなの？」

「うん、それも簡単。雛子さんが見せてくれた、函館の謎の光の写真がヒントになったよ」

意外なところで意外なものが話題に上る。

「……私が函館で見た？」

「そう。雛子さんが見せてくれた故郷の不思議な光。すごく残念だけどあれはＵＦＯの光なんかじゃないんだよ」

「ぜんぜん残念じゃないし、逆に本当のＵＦＯのほうが怖いから別にいいんだけど。じゃあ
あれってなんなの？」

竜胆の口ぶりだともう見当がついているようだ。

「ヒントは雛子さんの故郷の名物」

「函館の名物？　夜景？」

「函館にはもう一つ名物があるじゃない」

雛子はしばらく考えて、

「五稜郭？」

と答える。

「他にもある」

他に名物と言われて思いつくのはイカくらいだった。

「竜胆君、たしかに函館はイカで有名だし、イカール星人なんてよくわからないマスコットキャラクターがいるけど、イカール星人は襲来してこないから」

「おしい」

いったい何がおしいのか。竜胆があの光柱《こうちゅう》の謎を解き明かしたというのが、とたんに怪しくなってきた。

「言っておくけどちゃんと説明できるよ。雛子さんも納得できる、常識的でつまらない理由だよ」

と言うと、竜胆は本当につまらなそうに懐中電灯を空に向けた。

「普通、光はこうやって光源から広がっていくよね」

そう言いながらライトを逆に向けて地面を照らす。今度は向きが逆になり、地面に向かって光が広がった。

「函館のあれは漁火《いさりび》が上空の雲に反射して見える漁火光柱っていう現象なんだ」

竜胆が曇り空を指さすと、雛子も金本もつられるように空を見た。

「漁火ってのはイカを誘い出すための強烈なライトのことだ。それが低気圧の雲の中にある氷の結晶に反射するらしいね。ごく限られた条件下でしか起こらない珍しい現象だから、地元の人もけっこう知らないのかな」

「つまりイカ釣り漁船の光が空の雲で反射してたってこと？」

「そういうこと。光が空から降りているのか下から照らされているのか、一見判断できない。だからぱっと見は上空から不思議な光が降りてきているかのように見える。これと同じことが今回のミステリーサークルの事件でも起こっている」

今度は金本を見て言う。

「昨日見た光は上から降りてきたんじゃなくて、下から照らされたんだ。じゃあなぜ上から降りてきたと思い込んだか。理由は簡単で、上空から地上に向かうにつれて広がっているからだ。数台の強力なライトを使ったのか、それとも大きなライトの光をレンズで収束させたのか。たぶん前者のほうかな」

まさかこの場で昔見た謎の光の種明かしまでされるとは思わなかった。

「話をまとめようか。まず雛子さん達が取材に来る前の日にミステリーサークルを田んぼに作る。そして作ったミステリーサークルの中心に牛の死体を置いて、上からカバーで覆い隠す。一見すると、ただの田んぼが出来上がる。そして事件の夜に、すきを見てカバーを外すだけでいい。一瞬にしてミステリーサークルとキャトルミューティレーションの死体が現れる」

聞いてみればなんてことはない単純なトリックだ。

一つ肝心なことを忘れていた。

「牛の死体は？　まさか金本さん……」

「中途半端な説明をしないでくれ。牛だって知り合いの映画関係者に借りた小道具だよ」

慌てて弁明する金本だが、それは自白に近かった。己の失言に気づき、あきらめたように肩を落とすと、

「そうだよ。全部、竜胆君の言う通りだ」

と疲れたようにつぶやいた。

「じゃあやっぱり警察官もニセ者だったんですね」

「そう。そこは雛子さんが気づいた通りだよ。交番の警察官とここにやってきた警察官の服装が違うって。僕もビデオ見て確認したからわかるよ。あれは映画やドラマ用のレプリカだ。完全に本物そっくりにすると罪になるから、よく見るとレプリカは本物とは違うんだよ。さて、これで昨日起こったことはすべて説明できたわけだ」

竜胆の説明はそこで終わった。

「園田さん、これには事情があるんだ」

「ですよね。事情もなしにこんなふうに驚かされては、私だって怒りますよ。どうしてこんなイタズラを私に仕掛けたのか教えてください」

「編集部で新人を驚かす恒例のイベントなんだ。本当に悪かったと思ってる」

金本は目を泳がせながら言う。

「編集部恒例イベント？」

たしかにあの編集長なら、こんな悪趣味なイタズラで新人を驚かすようなことをしそうだ。しかしどこかしっくりとこなかった。

「だったらもっと早くネタばらししてもよかったんじゃないですか。警察の偽装までして、下手すると大事《おおごと》ですよ」

「いや、それは……」

金本は言葉を詰まらせる。

「そう、そこなんだよ。僕もその理由がわからなかった。どうしてすぐにばらさなかったのか。驚かした直後にイタズラでしたってばらしたほうがずっと面白い。そもそも、牛の死体のレプリカやニセ警官の準備とか、アトランティスのお遊びイベントにしてはお金がかかりすぎてる。きっと編集部とは別の思惑があったんだよ」

竜胆が意味ありげに言う。

「今日、ミステリーサークルを隠したのと何か関係があるのかしら？」

しかしそこではっと金本は顔をあげる。

「違う、違うんだ。たしかに昨日は園田さんをだました。事情はちゃんと説明するよ。ただミステリーサークルを消す予定なんてなかった」

「まだだますんですか。ここまで説明されれば私でもミステリーサークルを消したトリックはわかります。昨日とったカバーをまた元に戻したんですよね」

「僕もそう思った。誰かがカバーをかぶせたのかと思ったんだ。でも違った。どこにもカバーなんてなかった。稲が倒れていたことなんて、最初からなかったみたいになってるんだ」

「もうだまされませんよ」

そうは言ったものの竜胆がそこに関してだけは無言で深刻な顔をしているのが気になった。

雛子は自分の目で確かめるために、昨日ミステリーサークルがあったあたりまで足を踏み入れた。しかしそこにはカバーもなければ倒れた稲もない。

「あれ、何もない……」

「こんなこと起こるはずはなかった。そんなこと」

金本はかなり狼狽《ろうばい》している。その様子はとても芝居には見えない。そこにスマホの着信音が鳴った。金本は断りを入れると少し離れたところで電話に出る。

「なんだって！」

金本の声が急に大きくなった。

「そんなこと起こるわけないだろう。いや、しかし……」

それからしばらくして金本はようやく電話を切って戻ってきた。あまりにも切迫した雰囲気に、雛子は声をかけるのをためらってしまう。

戻ってきた金本の顔色は暗がりの中でもわかるほど青ざめていた。

金本は力なく竜胆と向かい合うと、不思議なことを告げた。

「竜胆君、君の部屋が消えてしまったらしい」

11

「いったいどうということなんですか？」

雛子が再び金本に説明を求めたのは帰りの車の中でだ。助手席に雛子、後部座席には竜胆が座っている。

「まずはその人のもう一つの目的を聞いたほうがいいよ」

「金本さんのもう一つの目的？」

「それは……」

竜胆にそう言われても金本は言いよどむばかりだ。なぜか竜胆のことを気にしている。

「僕の想像だけど、編集部の計画通りなら、昨日の夜、雛子さんが驚いてるまっただ中で実は嘘でしたってばらすつもりだったと思うよ」

金本の無言は竜胆の予想を肯定しているかのようだ。

「なのに種明かしはしないで、雛子さんを帰らせた。目的はそこにあるんだよ」

「ずいぶん具体的だけど、竜胆君にはもうわかってるの？」

「だいたいはね。さっきの電話で確信できた。受けた電話の液晶画面が見えちゃったんだ。

相手の名前が表示されてたから」

　いったい誰なのだろう。編集長や編集部内の人間だとしても、何か事情を察することができるだろうか。

「表示されていた名前は二宮貴章。僕の兄貴だよ」

「ちょっと待って。どうしてそこで竜胆君のお兄さんの名前が出てくるの？」

「雛子さんをだまし続けた本当の目的は僕にあったからなんだよ。雛子さんをだましたまま帰らせることで何が起こったと思う？」

「竜胆君のところに相談に行った……。そういえば金本さん、あのとき竜胆君への相談を持ちかけましたよね」

　ここまで説明されれば答えは容易に想像できた。

「金本さんの本当の目的は、竜胆君を部屋から引っ張り出すことだったんですね。この前竜胆君のお兄さんにマンションの前で会ったんです。そのとき、竜胆君は今のままじゃダメだって言ってました。どうにかして連れ帰るために、こんな方法を使ったんですか？　つまり竜胆君をマンションから引き離す、いいえ、もっと。マンションを勝手に引き払うとか」

　金本は観念したのかようやく詳しい事情を話し出す。

「前回の事件のあと、竜胆君のお兄さん、貴章君と会う機会があってね。彼とはチェアマンの編集者時代に面識があった。それでこの前会って相談されたんだ。彼をマンションから引き離すのに協力してほしいって。どうしても家に帰ってきてほしいってね。貴章君は驚いていたよ。マンションから頑なに出ようとしなかった弟が、この前の事件のときはあっさり外に出たという。だからそれを利用しようと思った。UFOネタでまた外に引っ張り出しマンションから引き離して、その間に家財一切引き払って、家に連れ戻そうとしたんだ」

「ひ、酷いじゃないですか！」

「たしかに強引な手段だと思うよ。でも園田さんの話や貴章君の話を聞くと、やっぱり一人で住まわせておくのはいろいろよくないと思ったんだ。園田さんをだましたのは悪いと思っているけど、竜胆君を更生させるためと思って許してほしい」

そこで電話のあと、青ざめた顔で言った金本の言葉を思い出した。

「金本さん、さっき電話のあとこう言いましたよね。竜胆君の部屋が消えてしまったって。それってつまり荷物全部を引き上げたってことですか」

それはいくらなんでも酷すぎる。

しかし予想に反して金本は首を振った。

「違う。そうじゃない。竜胆君の部屋がなかったんだ」

「だからお兄さんが引き払って……」

「だからそうじゃない。貴章君が入ったときには、もうすでに何もなかったんだ。竜胆君の部屋は最初から空っぽだった。まるで最初から誰も住んでなかったようにね」

「最初から誰も住んでなかったように？　あの散らかった、モニターとケーブルとコンピュータと本だらけの部屋が？」

消えた竜胆の部屋と消えたミステリーサークル。ただの偶然だろうか。

「ねえ竜胆君……」

話しかけようとしてぎょっとする。竜胆は金本以上に青ざめていた。青ざめているだけではない。フードをさらに目深にかぶり、膝を抱えて震えている。

「ねえいったいどうしたの？」

思わず手を伸ばして竜胆の固く握りしめた手を取る。震えが直接伝わってきた。

「ふふ、はは、あはははは。やっぱりそうだ。そうだったんだ」

竜胆がうつろに笑い、震えた声を出す。

「前々からまずいって思ってたんだ。やっぱり目をつけられたんだ」

「目をつけられたってお兄さんに？」

「兄貴はどうでもいいよ。こんな姑息な手段で連れ戻すことしかできないんだから。僕が目をつけられるとしたら彼等しかない。宇宙人だよ」

「そんな馬鹿な」

金本はすぐさま否定したが、その声は弱々しかった。

「じゃあミステリーサークルが消えたのはどう説明するの？　僕の部屋が消えたのは？」

金本は何か言い返そうとして結局黙ってしまった。

「もともと著名なＵＦＯ研究家が突然何かにおびえて研究をやめたり、目撃者が急に意見を翻すことがある。それはもう不自然なくらいに。中にはそう、記憶を改竄された痕跡が見つかることも。行方不明になった例だって珍しくはない……」

きっと存在ごと僕は消される。そうつぶやく竜胆に金本はそんなことあるわけがないと言ったが、あまりにも頼りない声だった。

12

車が竜胆のマンションについたときには午前零時を回っていたが、マンションの前には見たことのある男性が立っていた。

二宮貴章。竜胆の兄だ。

金本が先に車から降りて、貴章と何か話している。雛子は後部座席の竜胆を引っ張り出すようにして、車から降ろした。

車から出た竜胆と貴章の間に、奇妙な緊張感が生まれる。

頭ひとつ背が高い貴章がじっと竜胆をにらみつけている。竜胆の表情はフードに隠れてわからないが、笑っていないことだけはたしかだ。

雛子はそっと金本に耳打ちをする。

「仲悪そうですね」

「仲がよかったらこんな手段で弟を連れ戻そうなんて思わないだろう」

耳打ちし合う雛子と金本の横で、貴章は一歩前に出て、竜胆を諭すように話し出す。

「いつまで好き勝手やってるつもりなんだ。母さんだって心配している」

「兄貴だって十代はずっと留学でほとんど家にいなかったじゃないか。僕も必要だからここにいるんだよ。それより僕の部屋に何もないってのは本当なの？　本当は兄貴が勝手に持ち出したんじゃないの？」

「馬鹿を言うな！　おまえの部屋には最初から何もなかった。本当にここに住んでいたのか」

「あのう、今日の昼まではたしかにありましたよ」

間に入るべきかどうか迷ったが、口を出さずにはいられなかった。

「本当に部屋は空っぽだったんですか？」

「ああ、何もない。最初から住んでいなかったようにな」

「ともかく見せてもらうよ」

竜胆がエレベーターに真っ先に乗り込む。中では四人とも誰も話さなかった。

最上階には四部屋しかない。エレベーターを出ると一つの部屋のドアが開けっ放しになっていた。そのドアを指さし貴章は困惑した声を出す。

「おまえの部屋には何もなかった」

竜胆は開いたドアから玄関に入るなり叫び声を出す。

「ああ！」

広い玄関にも廊下にも何もなかった。その先に見えるリビングにも何もない。

貴章が問い詰めるように雛子に聞いてくる。

「君は弟の部屋に入ったことがあるんだろう。本当は最初から何もなかったんじゃないのか」

「そんなことないですよ。これでもかっていうくらいＵＦＯの資料やいろんなものが所狭しと積まれていました。リビングには大きい宇宙人の人形もあったし、奥の部屋にはコンピュータだけじゃなく、ワークステーションっていう大きな機械まで」

「やっぱり、やっぱり宇宙人に目をつけられたんだ！」

「竜胆君、宇宙人より泥棒って可能性のほうがまだ高いし、落ち着いて」

「泥棒にこんなことできる？　絶対宇宙人だ。部屋のあとは僕が消される番だ……」

「だからそんなこと……」

雛子が手をかけようと伸ばしたとき、竜胆は立ち上がると奥の部屋に向かって走っていった。

「うあああああ！」

叫び声を上げながら、まるで何かから逃げているかのようだ。

「おい竜胆！」

「竜胆君！」

金本と貴章も竜胆の突然の奇行に対応できずにいた。

竜胆が奥の部屋に消える。と同時にまばゆい光が奥の部屋からあふれてきた。

「いったい何が……」

金本がつぶやいたときにはもう、竜胆の声は聞こえなくなっていた。

「おい、竜胆、どうしたんだ？」

貴章が真っ先に奥の部屋に向かった。すぐに金本が追いかけて、最後に雛子が続く。

奥の部屋に入るとやはりここも空っぽだった。何もない。そして何より、竜胆の姿がなかった。

「おい、どこに隠れたんだ？　悪ふざけはいい加減にしろ」

「竜胆君、だましたことはあやまるから。こういうのはやめにしないか」

二人が部屋の中を探す。しかし竜胆の姿はクローゼットの中にもどこにもなかった。最後にベランダも覗いたがやはりいない。

何もない部屋の中から、竜胆自身も忽然《こつぜん》と姿を消してしまった。

「おい君、君もぼんやりしてないで探してくれないか。外には出られないはずだ」

頼んでいるのか偉そうなのかよくわからない口調で貴章が言ってくる。

「そ、そうですね。私も探してきます」

雛子は二人から離れて廊下に出た。

「いったいどこに消えたんだ？」

「外には出られないぞ。あのとき俺たちは玄関側にいたんだ」

そんな会話を尻目に雛子はそっと玄関から出た。そして物音を立てないようにしてドアを閉めると、マンションの隣の部屋のドアの前に立つ。インターホンを押そうとしてすぐにやめて、そっとドアノブを回した。

鍵はかかっていなかったので雛子はためらいなく中に入る。

リビングにはもう見慣れたグレイの等身大人形。今日の二体は仲良く手をつないでいた。

奥の部屋には、所狭しと並んでいる妙な機械やUFOや宇宙人に関する資料の数々。変わらぬ竜胆の部屋がそこにあった。

そしていつも通り、大きい4Kモニターの前の椅子に竜胆がちょこんと座っている。

「やっぱりここにいた」

貴章達が竜胆の部屋だと言って入っていった部屋。それは雛子がいつも行っている竜胆の部屋の一つ隣だった。

しかし一度も竜胆のマンションの中に入ったことのない金本と貴章には、そのことがわかるはずもなかった。

「隣の部屋も竜胆君名義なの？」

「うん。いざというとき目くらましになると思ってね。表札を付け替えるだけでだまされる。さいわい代理人になってくれる人もいたし」

「そう。ご家族対策だったのね」

「まさか。宇宙人に狙われたらまずいじゃないか」

「ああ。そこはぶれないのね」

やはり竜胆は竜胆だ。

雛子はリビングの先にある、立派なルーフ付きバルコニーに目をやった。

「さっき消えたのはあそこを伝って？」

「そう。ベランダの壁って緊急時に通り抜けられるように作ってあるから。さっきの光は昨日雛子さんが見たのと違って、単純に携帯型の強力なフラッシュライト。よくアメリカのドラマや映画で警官とかが持ってるやつだよ。一瞬強く光るだけでよかったから。ポケットに忍ばせておいたんだ」

隣から混乱している二人の声が聞こえてくる。

「いつあの二人に種明かししてあげるの？」

「もうしばらく反省してもらわないと」

竜胆は意地悪そうに笑う。

「一つだけわからないことがあるんだけど、今日、行った先でミステリーサークルが消えたのも竜胆君のしわざなんだよね？」

「ああ、あれ？　この部屋と同じトリックだよ。あそこって目印になるようなものって何もないよね。同じような風景がずっと並んでて。あの場合何を目印に目的地に行くと思う？」

「あ、現場を囲っていたテープ」

雛子は駅についたときのやりとりを思い出した。金本には竜胆はトイレに行っていると嘘をついたが、竜胆は雛子を駅前で待たせて、タクシーでどこかに出かけていったのだった。

——今回の事件はＵＦＯでもなんでもない。タチの悪いイタズラだよ。こらしめるために逆にだまし返してやる。その仕掛けをしてくるからちょっとここで待ってて。

そう言って竜胆は一人で現場に向かった。雛子に詳しい説明をしなかったのは、リアルな反応をしてほしかったからだろう。実際、本当に驚いてしまった。

「あのとき、二つ手前のよく似た田んぼに、バリケードテープを移してたんだ」

「そうか。そうなんだ。ぜんぜんわからなかった」

「雛子さんがすごい本気でびっくりしてるから、超面白かった」

「な、なによ、竜胆君なんて、全部わかってるのに、あの怯《おび》えた演技。恥ずかしくないの？役者になれるよ」

言い合う二人の耳に、おろおろした男性の声が聞こえてくる。

「園田さん、園田さん、どこに行ってしまったんだ」

「まさか彼女まで消えてしまったのか」

「本当にＵＦＯにさらわれた……？　そんなバカな」

雛子と竜胆は顔を見合わせると思わず吹き出してしまった。

しばらく笑いあったあと、雛子は小声で竜胆に話しかける。

「残念ね」

「あんな兄貴で？　別にいいよ。慣れてるから」

「そうじゃなくてミステリーサークル。本物じゃなくて」

「期待外れなのも慣れてるよ。だいたい僕が宇宙人を探し始めてまだ十年もたっていないんだよ。学者の中には生涯を費やしても結果が出なかった人もたくさんいる。成果も答えも出ない研究なんていっぱいある。この程度でいちいちめげていられないよ。それに僕には宇宙人と通信したっていう経験があるんだ。それがある限り、僕は大丈夫」

天井を見上げている竜胆には、その向こうにある空――宇宙が見えているのだろう。どこまでも純真に目を輝かせていた。

「それにやっと……理解してくれる人も……現れたっていうか……」

流れるように語る口調から一転、竜胆は急に口ごもるようにゴニョゴニョとつっかえながら、照れたように言う。

「え、理解者？　竜胆君にそんな人が現れたの!?」

驚く雛子に、上機嫌だった竜胆の表情が見る間に曇っていった。

「……あ、そう……うん、いいよ、別に……」

その様子をいぶかしみながら、しばらく綺麗な横顔を見ていた雛子だったが、

「まさか私のこと？」

ようやく思い至って驚く。

「なんでもない。僕の勘違いだった」

竜胆はますますすねて、そっぽを向いてしまった。

第三章　君は空のかなた

1

「ほら、そっちもっとよく引っ張って。ちゃんと張らないと固定が甘くなるよ」

雛子はなぜ自分が七歳も年下の少年に叱責されながら、マンションの屋上でパラボラアンテナの修理を手伝わされているのか、いまさらながら疑問に思った。

台風一過、十月の秋晴れの青空が広がる気持ちのよい日曜の朝。

UFO関係の知識を学びたいと思い、竜胆の好物の永楽堂のお菓子を持ち、インターホンでメロイックサインをして最上階に上がり、部屋の前に来たら、ちょうど出かけようとしている竜胆に出くわし「ついて来て」と無理矢理手を引っ張られて屋上に連れてこられると、そこには傾いたパラボラアンテナがあった。

「一昨日の台風で倒れちゃって。固定の仕方が甘かった。今度は支えるワイヤーを倍に増やそうと思うんだ」

どさりと置いた肩掛けの大きなバッグの中には、ワイヤーやらケーブルやら工具やらが詰まっている。

「そう、がんばってね」

回れ右をしようとした雛子の肩を後ろから誰かがぽんと叩く。いや誰かなんてわかりきっているが。叩かれたというよりほとんどわしづかみにされたのだが。

「もちろん手伝ってくれるよね」

とってもいい笑顔で竜胆は頼んできた。

UFOについて教えを請うため来た身だし、少しは手伝おうと思ったのが運の尽き。雛子は自分の浅はかな判断を呪いながら、見た目より重いワイヤーを引っ張り、慣れないウインチのレバーを汗だくになりながら締めて、なんとか鉄柵にワイヤーを固定した。

四時間かかってパラボラアンテナの修理は終わった。もう昼過ぎだ。アンテナを中心に支えるワイヤーが四方八方に蜘蛛《くも》の巣のように延びている。

「これ勝手にやって大丈夫なの？」

「ヘリポートの邪魔にはならないようにしてるよ」

そういう問題なのだろうか。しかし疲れて考えるのが面倒になった雛子はまあいいだろうと無責任に結論づける。

「じゃあ僕の用事は終わったから帰っていいよ」

「ちょっと竜胆君、それはあんまりじゃない？　私は聞きたいことがあるから来たんだけど」

「なんだ。台風のあとだから手伝いに来てくれたのかと思った。雛子さん気が利くなって」

「そんなはずないでしょ」

屋上から戻り、マンションの中に入ると、リビングにいるグレイの人形が三体に増えていた。竜胆はリビングを通り過ぎて隣の部屋に行く。せっかく広くて綺麗なリビングがあるのに、食事のとき以外、竜胆はいつもごちゃごちゃした奥の部屋にいる。

「それで何が聞きたいの？」

「前回のミステリーサークルとキャトルミューティレーション、記事にしたの。でもまだ弱いってダメ出しされて。たしかに私は無知すぎるから、竜胆君のところで勉強させてもらおうと思って」

「ふうん？　まあ宇宙人のことを知ろうとするのはいい心がけだけど、今日はちょっと予定があるんだ」

「予定があるの？　じゃあ改めるけど」

ヒキコモリの竜胆に予定があると聞いてちょっと驚く。

「そんなに長くかからないからいいよ、適当に待ってて」

竜胆は竜胆で何かパソコンの画面を熱心に見てはキーボードを叩いている。

手持ち無沙汰になった雛子は竜胆のデスクの後ろの簡易ベッドに腰掛けた。

「ずいぶん古い機械が多いのね」

「これはＭＺ－７００、これはＰＣ－６００１、Ｘ１にＸ６８０００」

「ええと、品番だけ言われてもぜんぜんわからないんだけど」

「品番じゃないよ。全部マイコンの名前だよ」

「まいこん？」

「マイコンピュータの略称。パソコン、パーソナルコンピュータって呼ばれる前の個人用コンピュータハードの名称だよ」

「ふうん」

　ともかく宇宙人とは関係なさそうなものだった。

「竜胆君って機械が好きだったのね。すらすら機種名が出てくるなんてすごいね」

　宇宙人以外にも男の子っぽいところがあるのだなと、いつもより優しい気持ちで言ってみる。

「何その変な猫なで声？　変なもの食べた？」

　優しい気持ちが半分になった。

「それでさっきから何を見てるの？　そろそろ画面から聞こえてくるカウントダウン、終わりそうだけど」

　竜胆は振り返ると目を輝かせて言う。

「今日、新しいCPUの発表がアメリカであるんだ。絶対LIVEでチェックしないと」

宇宙人がらみでなく、内容も普通。こうしてはしゃいでいる様子はコンピュータ好きの普通の子だ。雛子は少しだけ安堵する。

「これ見終わるまでは相手できないから。雛子さんは勝手に何か飲んで待ってて」

「じゃあお言葉に甘えて、何かもらうね」

冷蔵庫から竜胆お手製の水出し煎茶を出して、持ってきた永楽堂のお菓子と、二人分用意する。しかしいつ見ても清潔で美しいキッチンだ。冷蔵庫の中に整然と並ぶ食材、数は多くなくてもシンプルでスマートな食器や調理器具。そこで作られるきちんとした食事。女子力どころか、これは人間力が高すぎる。ただそれが趣味とか美食家という理由でなく、健康体のほうが宇宙人のサンプルに選ばれやすいから、という理由なところが期待を裏切らない竜胆らしさだ。

そのかわり洋服類は、いつものパーカーとスウェットが同じ色で二着あるのみ。究極のシンプルクローゼット。

お茶とお菓子を持って竜胆の部屋に戻ると、大きいモニターではちょうどカウントダウンが終わったところだった。

カウントダウンが終わると会場らしきものが映し出されて、壇上に現れた白人の男性が英語で話し始めた。竜胆は熱心に聞き入っている。雛子が戻ってきても目もくれない。竜胆はモニターに釘付けだった。雛子が机にお茶とお菓子を置いても無反応だったが、モニターから目を離さずたまに手を伸ばして食べているあたり、気づいていないわけではなさそうだ。

しかたないので雛子も後ろで竜胆の様子を眺めながらお菓子を食べる。

新しいＣＰＵの発表とさっき聞いた通り、コンピュータ関係のイベントらしかった。しかしそれ以上のことはわからない。

およそ一時間後、ようやくイベントが終わったらしい。竜胆はその間、始終なんだってとかまさかとか大変だとか、ぶつぶつ言っていた。海外のイベントを見ているせいか、いつもよりオーバーアクション気味だ。いまにもオーマイゴッドと叫び、天を仰ぎそうだ。

「終わったの？」

「これはもしかして、いや、まさか……」

モニターに向かって何かぶつぶつ言っている。

「やっぱりそうだ。これは急がないといけない」

竜胆の声に焦りの色が混じる。

「人気の商品の予約か何か？　新しく発表されたの？」

「違う。そんな浮ついた理由じゃない」

モニターのグラフを指さし、この世の終わりのような顔で叫んだ。

「集積回路の数がムーアの法則を下回ってしまったんだ！」

何を言っているのかさっぱりわからない。

「日本語で説明して」

「ムーアは人の名前。それ以外は全部日本語」

「あ、はい。そうですか。で、しゅ、しゅうそく、ええとなんの数が減ったの？」

「集積回路。ＩＣやＣＰＵの部品みたいなものだって思ってくれればいい」

要はパソコンの部品か。

「じゃ、じゃあムーアの法則って何？」

「集積回路のトランジスタ数は二年で倍になる」

これもトランジスタ以外日本語なのだが、雛子には外国語と一緒だ。まだ英語のほうが理解できそうだ。

「つまりコンピュータの性能向上速度のことを言っているんだ。集積回路が増えれば増えるほどＣＰＵの性能は向上する。ムーアって人は、その向上速度が一年半から二年で倍になるって予測したんだ」

「はあ」

「いまの世の中、コンピュータがなければ何もできない。つまりコンピュータの性能イコール現代の科学力と言っていい」

「まあ、そうなるのかな？」

極論すぎる気もするが、反論するほどでもない。

「ムーアの法則は半世紀も守られてきた。でもこれっておかしいと思わない？　二年ごとに倍という法則がきっちり守られるんて、都合がよすぎる」

「そうかもしれない、のかな？」

正直どうなのかよくわからない。

「考えてごらんよ。工業製品の生産性や作物の収穫量にこんな規則性はない。飛行機の速度は、規則正しく二年で倍になっていったりした？　車は？　電車は？　仕事は？」

「最後のは、やだな」

仕事量が二年ごとに倍なんて嫌すぎる。

「なのにムーアの法則は半世紀も守られてきた。普通に考えるとおかしい。でもムーアの法則が守られていることに、一つだけ合理的な理由をつけることができる」

パーカーのフードをかぶったまま重々しく竜胆は語る。雛子も雰囲気に釣られて生唾を飲み込んだ。

「どういう理由があるの？」

「いまの地球の科学力は宇宙人にコントロールされている」

「は？」

「だっておかしいじゃないか。科学の発展が一定速度を保ってるなんて。これはもう宇宙人に科学の進歩を管理されていると考えるのは当然だよ」

まさかの宇宙人登場。CPUからこうきたか。今日の竜胆も相変わらずブレていない。

「いいかい。問題はそこじゃない。その先なんだ。ここ一年間発表されたCPUの性能はムーアの法則を下回っていた。これが何を意味するかわかる？」

「ぜんぜん」

「地球人は宇宙人から見捨てられたんだ。宇宙人による技術支援がなくなった。だから科学の発展速度は鈍くなり、ムーアの法則を下回った。これはとんでもない事態なんだよ！」

明日地球が爆発すると言っているかのように深刻な顔だ。

「これは急がないといけない。宇宙人とのコンタクトの機会がなくなる。木星で監視してた宇宙人も、もう二度とコンタクトしてきてくれないかもしれない」

「木星で監視してた宇宙人？」

しばし考えて、七歳のとき、父のパラボラアンテナで木星から宇宙人の発する音声を受け取ったという話を思い出した。

「ああ、竜胆君が宇宙人を信じるようになったきっかけ？」

「そう。あとでアンテナの向きを調べたら、たしかに木星に向けられていたんだ。それ以上の検証はアンテナが壊されたから無理だったけど。あの通信は絶対に木星から届いてた」

「え、ええと当時の有人宇宙船から届けられたって可能性もあるんじゃない？」

「ないね。軌道上の宇宙ステーションの位置はぜんぜん違ったし、他に有人のものはなかった。考えられる限りの可能性は検討したけど。あれは絶対宇宙から来てた」

それで竜胆はずっとパラボラアンテナを屋上に設置していたのか。少年のころの体験を再現しようとして。あの日の出来事を証明しようとして。

「いまもこうやって宇宙から電波が来るのを待ってるんだ」

いつもの大型４Ｋモニターの横に、奇妙な波形図を表示し続ける小さなモニターと、それにつながったごつい外観のワークステーションがある。それに目をやりながら、竜胆は珍しく神妙な顔で語っていた。

たしかに幼少のころ、そんな体験をすれば宇宙人の存在を信じるかもしれない。それに闇雲に信じているわけではなく、彼なりに別の可能性も考えていたようだ。信じる気持ちになるのもわかる気がする。

竜胆の話が一区切りつくのを待っていたかのようにインターホンが鳴った。

「何かネットで注文してたっけ」

竜胆が居間のインターホンに面倒くさそうに向かった。

「これが当時の通信ソフトなのかな？」

手持ちぶさたになった雛子は波形図が流れている小さなモニターに近づく。なんとなくいくつかのキーを押してみた。すると音声が流れてきた。

『地球のみなさん、私はいま冥王星のそばにいます。誰かいませんか？　地球のみなさん、私は……』

音声と同じ内容の文字がモニターにも表示される。

「あ、ヤバイ、勝手に動かしちゃった」

慌てて手をひっこめたが、聞こえてくるのは興味深い内容だ。

「これが当時の通信データなのかな」

ふと疑問に思う。これだけしっかりとしたデータが残っているなら、もう少し周りの人も信じてくれてもよかったのではないだろうか。

音声は平坦で宇宙人というより合成音声だった。

『地球のみなさん、私はいま冥王星のそばにいます。誰かいませんか？　地球のみなさん、私は……』

「あれ、でも木星って言ってなかった？」

記憶違いだろうか。どちらにしてもこれ以上ヘタにいじって壊してしまったら目も当てられない。

竜胆がぶつくさ文句を言いながら部屋に戻ってくる。

「地球人なら地球人って最初から言ってくれればいいのに……。あれ、雛子さんどうしたの？」

「ごめんなさい。ちょっといじったら昔の音声ファイル再生したみたいで。これ十年前の大事なデータなんでしょう？」

竜胆は聞いているのかいないのか、真っ青な顔でパソコンを見ている。

「ほ、本当にごめんなさい。もう勝手にいじったりしないから」

手をパンと合わせて頭を下げた。しかし竜胆はまったく無視して乱暴に雛子を押しのけてパソコンの前に座った。

勝手にいじったのは悪かったけどそこまで怒ることもないのに。そう思う雛子だったが勝手にいじってしまった手前ばつが悪い。

「ええと、勝手に聞いたのはあやまるから」

「……当時のデータなんて残ってない。録音はできなかった……んだ」

竜胆はパソコンを操作しながら震える声で言う。

「え、でもいま声聞こえてるよ？」

『地球のみなさん、私はいま冥王星のそばにいます。誰かいませんか？　地球のみなさん、私は……』

「そうだよ。だからこれは、この声は……」

天井を見上げた拍子にパーカーのフードがとれた。手を高々と上げ、天井を指さし目を輝かせて竜胆は言う。

「たったいま、リアルタイムで冥王星から届いてるんだ！」


どうだとばかりに得意げな顔をしている竜胆を見て、雛子はどう反応していいのか迷った。竜胆の興奮とは裏腹に、雛子は竜胆の綺麗な顔を久しぶりに見たな程度しか考えていなかった。

メッセージは相変わらず流れている。

「木星の次は冥王星か。すごいや！　宇宙人からの通信！　ずっと待ってたんだ！」

竜胆は椅子の上から雛子のいる簡易ベッドに飛び移り、その上で何度も飛び跳ねながら叫ぶ。

対して雛子は竜胆のはしゃぎようにはついていけず、逆に冷静になってしまう。冥王星からメッセージが届いているなんて、にわかには信じられない。というか普通は信じない。宇宙人が普通に日本語をしゃべっているのもおかしい。

竜胆はＵＦＯや宇宙人のことになると夢中になりすぎてしまう。雛子も経験があるが、何かに夢中になりすぎると、単純なことでも見落としてしまうことがある。

ただの勘違い。あるいは自分がさっきパソコンをいじったときに変なことをしてしまい、予期せぬ動作をしてしまった。何かの電波の混線。もしかしたらまた竜胆の兄の工作という可能性もある。

「ねえ、もう少し落ち着いて考えてみない？　もっと他の可能性もあると思うの」

「他の可能性？　そうか、そうだよね」

思ったよりも早く冷静になってくれた。

「遥か昔に冥王星に残された宇宙人の遺物が、メッセージを発しているのかもしれない」

冷静になっても竜胆は竜胆だ。

「とにかく返事を出してみよう。何がいいと思う？」

「あ、ええと、あなたは本当に宇宙人ですか、とか」

突然話をふられたので、しどろもどろに答えてしまう。

「宇宙人だよ」

「竜胆君に聞いてるんじゃないんだけど」

「はあ、わかったよ。もっと吟味したいところだけど、いまはその無難で平凡でありきたりな質問でいこう」

そこまでダメ出しするなら採用しなくてもいいのにと思う。

竜胆は簡易ベッドから椅子に戻りマイクを手に取ると、

「あなたは本当に宇宙人ですか？」

と問い返した。改めて聞くとたしかにマヌケな返答で少し後悔する。

雛子はもやもやした気持ちのままじっとパソコンの前で待った。

「何してるの？」

「返事が来るのを待ってるんだけど」

「雛子さんって実はすごく気の長い人？」

「え、どうしてそうなるの」

「だって何時間も待つんだよ。いまの地球と冥王星の距離だと光の速さで片道四時間半、地球と太陽の間の三十倍以上、距離にして今なら五十億キロくらい。返事が来るまで往復で九時間だよ。しかも返事が来る時間帯はちょうど冥王星は日本の裏側。だから僕が返事を受信するには明日まで待たないといけない」

「そんなに時間がかかるの」

「かかる」

竜胆が急に不安な顔になった。

「大丈夫かな。返事が受信できなかったらどうしよう？」

竜胆ほど信じきれずにいる雛子は、結果が出るのが明日と聞き、今日の用事を思い出した。

雛子は時計を確認して、約束の時間が迫っていることを知る。

「今日はこれから竜胆君のお母さんに会うけど、何か伝えることはある？」

「そんなのはどうでもいい」

本当に興味なさそうだ。来年の天気を聞いているかのような顔をしていた。

「気にならないの？」

「え、どうして？」

「うわ、本当に興味なさそうな反応。ムーアの法則の話をしてたときだってあんなに生き生きしてたのに」

「地球の一大事と、たかだか母さんと会うのとどっちが大事か考えるまでもないだろ」

竜胆の母親と会うのは憂鬱だったが、いまの言葉を聞いて私だけでも真摯に接しようと誓う雛子だった。

2

竜胆の母親との密談に選ばれた場所は、銀座の一等地にある一流メゾンの中のカフェだった。雛子も雑誌の中でしか見たことがない。

外の歩行者天国の喧騒が嘘のように、静かで落ち着いた店内だ。

「あの子のことを聞かせてちょうだい」

椅子に座るやいなや、母親はさっそく本題を切り出してきた。

会って話すのは最初の取材のとき以来、二回目だ。メールや電話で何回かやりとりはしていたが、いざ直接会うと緊張してしまう。

「あの子に干渉しすぎかしら？」

「いいえ、そんなことはないと思います。息子さんが親元を離れて、ヒキコモリ同然の一人暮らしをしているのですから心配になって当然です」

「ヒキコモリなんて人聞きの悪いこと言わないでくださる？　ただ部屋から出ないだけよ」

それをヒキコモリというのではなかろうか。母親からヒキコモリの明確な定義を聞いてみたかったが、不毛な時間を費やすだけになりそうなのでやめた。

「あなた、今日も息子のところに行ったのよね？」

「は、はい。たまに、週に一回くらい、おじゃましています」

少しごまかしている。最近は竜胆の気まぐれな使い走りだけではない。一ヵ月前のミステリーサークルの事件で、竜胆は兄に、雛子は編集部に、ちょっとした意趣返しができたことで仲間意識のようなものが芽生えたこともあり、週に二回くらい会うようになっていた。しかし正直に言ったらさすがにいい顔をしないに違いない。

母親はしばらく無言。もっと少なめに言っておけばよかったか、それとも母親の勘で嘘を見透かされたのかとドキドキしていると、ようやく母親が口を開く。

「あなた人間よね？」

「は？」

母親まで竜胆みたいなことを言い出した。

「あ、ええと……」

「一般常識で考えれば大事な息子のそばに、どこの馬の骨ともわからない小娘を通わせるのは論外なんだけどひどい言われようだ。

「ただ息子は人間には興味がない。いえ宇宙人にしか興味がない。だからあなたが普通の人間の女の子である限り、間違いがおこる心配はゼロよ」

ゼロを限りなく強調して言う。結論は同じでも、たぶらかす色気がないから可能性はゼロと言った貴章よりはマシではある。同じ女性としてのせめてもの情けだろうか。

「つまり息子の動向を逐一私に報告してくれるスパイとしては最適」

「スパイっていうほどのものじゃ……」

人聞きが悪すぎる。だいたい母親に会うことは竜胆にも言ってある。

「ああそうね。密告者って言ったほうがいいかしら」

さらに悪くなった。

「ええと、はい、もう密告者でいいです」

「もっと報告の頻度をあげてちょうだい。週に一度のメールじゃ少ないわ。毎日よ。朝と昼と夜の息子の様子を報告してほしいの」

「朝起きてご飯食べて夜寝たって報告を毎日するんですか？　竜胆君は一日中部屋から一歩も出ないんですよ。私は昼間は仕事がありますし、毎日通ったりもできません」

「食事とかどうしてるのかしら。ちゃんと食べてるのかしら」

「食事はすごく健康的です。出前のピザやお弁当なんてあり得ません。食材をオーガニックスーパーから宅配で取り寄せて、ちゃんと自炊してますよ」

はっきり言ってコンビニ常連の自分より健康的な生活をしている。

「お茶一つとっても、種類ごとに淹《い》れる温度も全部変えてたり。水出しの玉露なんて私初めて飲みました。それと一緒にいただく永楽堂のお菓子の美味しさといったら！」

「あなた、まさかうちの息子にお茶を淹れさせてるの？」

「え、私が竜胆君の家で、冷蔵庫を勝手に開けるのもそれはそれで問題では……あくまで手土産のお礼で」

言えない。竜胆の部屋の冷蔵庫を勝手に開けているとか、手料理までふるまってもらっているなんて。さらに遅刻しそうなときは皿を洗うこともせず家を出ているなんて、絶対言えない。

「私は通販じゃ買えないものを届ける、竜胆君の使い走りみたいなものです」

「じゃあ息子はまったく外に出ていないのね？」

「今日は一回だけ外に出ました。と言ってもマンションの屋上なので外と言っていいかどうかわかりませんが」

「どうしてそんなところに？」

「宇宙人との交信に使うパラボラアンテナのメンテナンスです」

「パラボラアンテナ……」

その言葉を聞いた竜胆の母親が、急にテンションを落とした声でつぶやいた。

ふと遠い目をして、静かにティーカップを手に取る。

「昔、庭にあったわ」

「竜胆君から聞きました。お父様の無線の道具だったとか」

「そこまで聞いているの。そう、あの子が宇宙人を信じるきっかけになったものよ」

と言い紅茶を飲む。次の言葉は意外なものだった。

「あの子はまだ私を恨んでいるのかしら」

「え？　どうして？」

「あの子が怪我をしたことがショックで、パラボラアンテナを撤去してしまったのだけれど。あの子がものすごく泣いたの。あの子があんなに泣いて頼んだのは、いま思えばあれが最初で最後だった」

後悔しているのだろうか。なんと言っていいかわからず、雛子も紅茶を飲んだ。

「夫が生きていれば違ったのかもしれない。あの人は優しくて、繊細で。ちょっとオタク気質なところも竜胆によく似ていたわ」

何もかも自分のせいだと背負い込むこともないのでは、と雛子は言いたかった。なぜなら竜胆は本当に根っからの変人だと思うし、別にすねているふうでもなく、本当にただ自分のやりたいことをやっているだけに見えるからだ。しかし会って間もない自分が気安く言うのもためらわれる。

「でも、竜胆君、楽しそうにやってますよ」

そう言うにとどめておいた。

「そうそう、貴章のことでは、あなたに迷惑をかけたわね。あの子はあの子で独善的なところがあるのが玉にきずなの」

「いえ、私は何も。竜胆君も気にしてないみたいです」

「ふう、頭も顔も教育も、親としては最高のものを与えたと思ったのに。こんなに気苦労が多いなんて。あなたも親になるときは覚悟したほうがいいわ」

しおらしく悩んでいるグチの中にも、しっかり自慢が入っているあたりは、竜胆ママらしい。

「子供のころは近所でも評判の子で、みんなからうらやましがられたものよ。小さいうちは天使みたいに可愛くて、ママ、ママってくっついてきたのに、大きくなると無愛想になって。母親にどんどん隠し事が増えていく。その気持ちわかる？」

「まあショックだと思います」

「最初にあの子が何か隠していると気づいたのは小学六年生のときだった。挙動が怪しくて、本を隠していることに気づいたの。異性に興味を持つ年頃だもの。しかたないと思ったわ」

「そ、それはショックでしょうね」

思い出語りと息子自慢から一転、なんだか生々しい話が始まった。

「でも息子の部屋を家捜ししたとき、出てきたのはそんなものじゃなかった」

家捜ししたのか。

「出てきたのは女性の水着のグラビアやヌードが載っているような雑誌じゃなかった。いまでも覚えているわ。あの本を見つけたときの衝撃を。本の表紙に載っているのは女性の裸じゃなくて、目がやたらと大きい灰色の肌をした宇宙人」

宇宙人の定番のグレイに違いない。竜胆の家のリビングには等身大の人形がいる。アトランティスに配属されるまでは外見しか知らなかったが、ヒル夫妻誘拐事件やロズウェル事件で有名になった宇宙人だ。詳しくなっている自分に少しショックを受けつつ、雛子は曖昧にうなずく。

「本にはびっしりと付箋が貼ってあって、息子は呆れるくらいいろんな角度から検証していたの。もうそこらへんの学術書よりよっぽどしっかりした内容だったのは、さすが私の息子と思ったものよ」

「どういうタイトルの本だったんですか」

「別冊・月刊アトランティス。UFO特集」

雛子は盛大にむせてしまった。

「あの本に出会わなければ息子の人生が歪《ゆが》むこともなかった！」

母親はテーブルを叩いて憤慨している。この分だと雛子が月刊アトランティスの編集者だと覚えていなさそうだ。

「ふう。ごめんなさい。取り乱してしまって。今日はここまでにしましょう」

母親は伝票を持って立ち上がる。

「あ、自分の分は払います」

立ち去る背中に声をかけると、頭だけ後ろに向けて母親は言う。

「いいのよ。新しい職場で大変なんでしょう。がんばってね。アトランティス編集部で！」

かっと見開いた目はまるでグレイのように怖かった。

3

「ぼうっとして、どうしたの？」

机に座って考え事をしていると、金本が心配そうに話しかけてきた。真剣に考えていたつもりだが、はたから見るとぼんやりしているように見えるらしい。

「ぼうっとは酷いですよ。これでも真剣に考えてたんです」

と言ったもののパソコンのモニターの原稿はまっさらで仕事の形跡はない。これでは給料泥棒だ。

「何か悩み事？」

ミステリーサークルの事件から一ヵ月、お互いだましだまされだったこともあり、金本との仲がギクシャクすることはなかった。金本はそもそもだましたのは自分のほうだから、とお詫びにもう一度あの高級レストランに連れて行ってくれた。

「悩み事なら相談にのるけど？」

「ええと、ちょっと竜胆君のところで変なことがあって……」

「変なこと？」

「昨日、ベッドの上で、突然叫んだかと思うと……」

ふと昨日のことを話していいものかどうか迷った。冥王星からのメッセージの受信はいまの竜胆の人間性の根っこの部分だ。少年にとってとても大事な部分、聖域に近いのではないだろうか。

──やっぱり秘密にしておいたほうがいいよね。

竜胆の信頼も裏切ることになってしまう。いまは自分の胸の内にしまっておこう。

「あ、いえ、なんでもないです。はい、大丈夫です」

適当にごまかして話を打ち切ろうとする。

金本はじっと雛子を見ていたが、

「ベッドの上で、突然叫んだって……言ってたけど。相手はまだ高校生だよ。節度を持った行動を心がけてね」

ごまかそうとしたらとんでもない方向に誤解されてしまった。

4

忙しい日が続き、冥王星からメッセージが来た二日後に竜胆の家を訪ねていくことになった。もう冥王星から返事が来ているはずだ。竜胆からメールがないということは、たぶん返事が来なかったか、何かの間違いだったのだろう。

──落ち込んでいたら慰めてあげよう。

もはや恒例になったメロイックサインをインターホンのカメラに見せて、急ぎ足で竜胆の部屋に向かう。インターホンで竜胆は無言だった。何も話さないまま黙ってエントランスのドアを開けた。

——あれ？

途中でなぜ自分はこんなに急いでいるのか不思議になった。落ち込んでいる竜胆を慰めるだけならこれだけ急ぐ必要もない。

「ああ、そうか。私もちょっと期待してるんだ」

受信したメッセージは本当に冥王星にいる宇宙人から来たものかもしれない。そんな展開を心のどこかで望んでいた。

やっぱり夢はあったほうがいい。それは荒唐無稽であればあるほど楽しい。竜胆の夢は本当に大きくて純粋なものだった。

だから頭ごなしに否定する気になれないし、一緒にいる自分まで楽しくなるのだ。

いままで気づかなかった自分の感情に驚く。ちょっとワクワクしながら、竜胆の部屋のインターホンを鳴らす。しかし中からはなんの反応もなかった。

何度押しても返事がなかったので、心配になってドアノブを回すと、あっさり開いた。

「竜胆君？　いるんでしょう？　竜胆君？」

何度か呼びかけても反応がない。

「まさか……」

――冥王星からのメッセージではなかったと判明したショックで倒れてるんじゃ。

「竜胆君、大丈夫!?」

雛子が靴を脱いで慌てて中に入ると、いつものパソコンのある奥の部屋に竜胆は普通に座っていた。竜胆は怪訝な顔で雛子を見る。

「そんなに慌ててどうしたの？」

「どうしたって、呼びかけても何も反応ないから」

「勝手に入ってきてって言ったつもりだけど」

「聞こえなかった」

「あれ、そうだっけ？」

雛子が来ても何を聞いてもどこかうわの空だ。

「で、どうだったの？」

ためらいがちに聞いてみる。うわの空なのは、ショックを受けているからという可能性が大きい。

「うん、やっぱり本物だと確信した」

「やっぱりね。でも気落ちしちゃダメよ。今回は本物じゃなくて残念だけど、その情熱があればきっと、もしかしたら、いつか本物に出会えるかもしれないじゃない」

「僕の話聞いてた？　本物だって確信したって言ったんだけど」

「だから気落ちしちゃダメって……え？　なんて言ったの？」

「だからあの通信は本物だよ」

「本物って、どうやって確信できたの？」

「まずこれを見て！」

パソコンのモニターに何行かの文章を表示させた。

RN：あなたは本当に宇宙人ですか？

ET：本物です。

RN：あなたは本当に冥王星のそばにいますか？　それを証明することはできますか？

ET：できます。いまから冥王星の画像を送ります。

「昨日から今日にかけての会話のログ。RNは僕。ETは言うまでもなく宇宙人のことだよ。と言っても一往復九時間もかかるし、返ってくるときはちょうど地球の反対側で受信できないから、ちょっとドキドキだった。同じ時間帯に返事が来て安心したよ」

一昨日青い顔をしていた問題は無事に解決したようだ。

「地球の公転に合わせて通信してくるってことは、発信先は地球って見ていいと思う」

通信時間からそういうこともわかるのか。意外と勉強になる。

「あれ、でもどうして文字なの？　一昨日は音声だったのに」

「なぜか文字データに切り替わってた。たぶんそのほうがデータ量も少なくてすむからなんだろうけど」

　はっきりとした理由は竜胆にもわからないようだ。

「でも一往復しかできないのに二回会話してるね」

「返事を待たないで何回も送っただけだよ。本当はもっと送ったんだけど返事が来たのは最初の二つだけだった」

　それでも竜胆の表情は生き生きとしている。よほど交信できたのが嬉しかったのだろう。

　しかし正直なところ雛子はまだ懐疑的だった。やはり何かの勘違いかイタズラ説が彼女の中の有力候補だ。

「ああ、まだ信じてないね」

　竜胆の喜びに水を差してはいけないと、表情に出さないようにしていたが、すぐに見破られてしまった。十代の少年にもばれてしまう自分のポーカーフェイスの不出来さが情けない。

「ふふん、でもね。これを見たらいくら雛子さんがアンチ宇宙人でもすごいって驚くよ」

「別にアンチ宇宙人ってわけじゃないけど。慎重なだけよ。すごいってもしかしてこの画像のこと？」

「うん。これがすごい、すごいんだ！」

竜胆は興奮した様子でパソコンを操作する。

右側は冥王星らしき星の表面でしめられていて、左側は黒い空間だ。たしかに本物に見える。しかしだからといってすぐに信じることはできなかった。

「でも冥王星の画像っていまはいっぱい送られてきてるんでしょ？　ＮＡＳＡが打ち上げた探査機が到着したんじゃなかったっけ？　それじゃないの？」

「そんなわけないよ。見て見て。ここ、ここ」

竜胆が画像のはじのほうを指さす。宇宙空間に何かぽつんと点のようなものがある。

「これなんだと思う？」

「なんだろう。宇宙空間に浮いてる隕石？」

「違うよ。たったいま雛子さんが話題に出したじゃない。冥王星から画像を送るＮＡＳＡの探査機があるって。これよく見てよ」

雛子は目をこらしてよく見てみる。隕石にしては幾何学的な形をしているように見える。

「人工物？」

「そう。ニューホライズンズだよ」

「英語の教科書？」

「ニューホライズンじゃなくてニューホライズンズ！　ＮＡＳＡが打ち上げた冥王星の探査機の名前だよ。それが写ってるんだ。人類が初めて冥王星に到着させた宇宙探査機を冥王星と一緒に撮ってる。ねえ、これってどういうことかわかる？」

「冥王星にいないとできない……」

「そのとおり！」

そんな馬鹿な。

否定しようとしてもその言葉は口から出ることはなかった。そのかわり違う言葉が出た。自分でも思いもしない言葉だった。

「まさか本物なの？」

5

それから一週間、竜胆は宇宙人とのメッセージのやりとりに夢中になった。
ＲＮ：画像を見ました。本当に冥王星にいないと撮れない画像でした。
ＥＴ：信用してもらえたんですね。よかったです。

ＥＴ：通信方法を暗号化したい。このやりとりを他の人に知られたくない。このデータ形式での送受信は可能ですか？

計算式が送られてきた。

ＲＮ：可能です。

数日に一度は竜胆のところに通って会話のログを見せてもらう。

そして今日は絶対来てねと竜胆から言われていた。なぜなら、昨日竜胆が送った最新のメッセージはとても大事なものだったからだ。

ＲＮ：十年前、木星からのメッセージを受信したことがあります。それはあなたですか？

「あと一時間くらいで返事が来る」

椅子の上で膝を抱えながら、竜胆はずっとモニターを見ていた。

雛子がいないときも、今日はこうしてずっと待っていたのだろう。

丸一日周期の会話のやりとりは気が長くないとできない。

「それでも画像のやりとりよりは簡単だよ」

とは竜胆の弁だ。

「通信速度は８００ｂｐｓくらいしか出せないんだ」

「ｂｐｓ？　よくスマホのカタログとかで見るあの単位？」

「そう。いまはＭｂｐｓ。ｂｐｓはすっごい遅い通信速度。スマホの写真のデータが一枚３メガバイトくらいだとすると、８００ｂｐｓでは送るのに三万秒、つまり八時間以上かかる計算になる。いまのやりとりは文字だけだから、距離でかかる九時間にプラス文字のデータ量が一秒ってところ」

雛子は熱心にメモを取りながら頭の中で整理する。つまり広大な宇宙空間での通信とは、トラックにたとえれば積載量が少なく目的地も遠いと解釈すればいいだろうか。

簡単に文章をまとめて竜胆に間違っていないか確認をとった。それでもまだ返事が来るまで充分な時間があった。

竜胆の目の前のモニターを見る。そこに表示された返事が来るはずの質問をもう一度読む。

ＲＮ：十年前、木星からのメッセージを受信したことがあります。それはあなたですか？

竜胆にしてみればすべての出発点とも言える大切な出来事の確認。もちろんノーの可能性もある。

「あと五分くらいだよ」

雛子も緊張してきた。

やがて返信を知らせる電子音が鳴った。

ＥＴ：はい、私です。

「よし、よしっ」

もっと喜ぶかと思ったが、竜胆は握り拳を作ってかみしめるように地味に喜んでいる。どちらかというとほっとしているように見えた。

「やっぱりそうだ。そうだったんだ。僕があのとき交信した宇宙人は本当にいたんだ……。また彼と繋がったんだ」

いつも竜胆は何か起こるたび、これはきっと宇宙人のせいに違いないと喜ぶものの、結局は彼自身が宇宙人ではないという答えに行き着いていた。雛子が知るだけでも二回ある。いままでも何度もそういうことがあったのだろう。

だからこそ竜胆のかみしめるような喜び方はとても現実感があった。

そして雛子も、通信の相手が宇宙人である可能性を否定しきれないと思い始めた。

「ねえ竜胆君、お願いがあるんだけど」

「何？　また何か質問したいの？」

「それもやってみたいけど、もっと根本的な部分のお願い」

竜胆が怪訝そうに見ている。

「この宇宙人とのやりとり、取材させてくれない？」

よほど意外だったのか、竜胆からしばらく返事はなかった。

「取材？」

一分近く間を置いて、ようやくそれだけが返ってくる。

「そう、取材。宇宙人とのファーストコンタクトの取材なんて、史上初。人類の大ニュースだよ」

もちろん、まだ疑っている部分はある。しかし、もしこれが本物で、確信にいたる過程を含めて記事にできれば、名のあるメディア賞をとれるかもしれない。アトランティスから別の雑誌に移る大きなチャンスにもなる。

「どう、かな？」

しかしそれも竜胆の承諾があってこそだ。もし本当であることが証明されて記事になったら、竜胆の名ももちろん世界中に流れてプライバシーもなくなるだろう。

竜胆はしばらく何も言わずじっと雛子を見ている。聡《さと》い子だ。自分の考えていることなどお見通しかもしれない。もしくは宇宙人やＭＩＢの陰謀と考えているか。

どっちの可能性もあるのが侮れない。

「取材はいいけど、公開するかどうかは考えさせて」

しばらくして竜胆が返事をする。

「いまも他の機関の横やりが入らないように、通信を暗号化するやりとりをしたばかりなんだ。アメリカやＭＩＢだけじゃないよ。他の大国だって宇宙人を隠蔽したり、なんらかの操作をしている可能性は充分にあるんだ。なにより情報を公開するなら宇宙人側の承諾も必要になる」

「うん、わかった。絶対秘密厳守でやるから」

そうして宇宙人との交信が始まった。

ＲＮ：十年前、どうしてメッセージを送ったの？
ＥＴ：それが私の最初の使命でした。
ＲＮ：使命？　他に誰かいるの？
ＥＴ：私は一人です。長い間一人です。話し相手が欲しくなります。
ＲＮ：ずっと一人？　なぜ今度は冥王星に来たの？
ＥＴ：観測を行うためです。
ＲＮ：僕が話し相手で良かった？
ＥＴ：はい。

通信速度の関係で一日一往復しかできない。しかも質問は二つまでという制限付きだ。コミュニケーションが進むと、どうしてもそのことが不満になってくる。

ＲＮ：どうしていくつかの質問を無視するの？

ＥＴ：私の記憶容量には制限があります。複数の物事を処理するのに向いていません。スタックできる質問に限りがあります。

さすがの竜胆も予想外すぎる返答に困惑したようだ。

「記憶容量に制限があるってどういうことなんだろ？　彼等は星間飛行ができるくらい優秀な技術力を持ってるのに、記憶力はないってこと？」

「さすがに変よね」

「もしかして群体なのかな」

「ぐんたい？」

「小さな個体がいっぱい集まって一つの生き物であるかのように生息していること。有名なのは珊瑚《さんご》かな」

「一つ一つは記憶容量が小さくても大勢集まれば大丈夫的な？」

「もしくは事故とか病気とかで何かしら脳に障害があるとか」

ＲＮ：なぜ記憶容量に制限があるのですか？

ＥＴ：そのように生まれたからです。

回答は疑問を解消するものではなかったが、これ以上の質問は無意味だと竜胆が判断した。

「ねえ、私も質問していい？」

「あまり質問できないから、一つだけね」

RN：歳はおいくつですか？

なんとなく小さな子供に話しかけるような言葉遣いになってしまう。

「答えが来るのに一日待たないといけないのよね？」

「うん。でもいい質問だね。これは僕の仮説だけど、すごい年齢だと思うよ」

「どうして？」

「木星から冥王星に行くのに十年かかっている。彼等はどうやって他の星からやって来たと思う？　ワープ？　それとも光速で飛ぶ船？　たぶんどっちでもない。いまの地球の文明で作られた宇宙船や宇宙探査機より極端に速いわけじゃない。長い長い時間をかけてこの太陽系に来たんだ。単純に寿命が長いんだよ」

しかし翌日届いた返事は竜胆の予測を裏切るものだった。

ET：十歳です。

「十歳って……」

しかし竜胆は慌てない。

「別に驚くことじゃないよ。年月の単位が違うんだ。宇宙人の一年は地球時間では数千年、もしかしたら数万年の可能性だってある」

「そうか。そうよね」

ＲＮ：地球が太陽のまわりを一周する時間を一年と定義して、あなたは何歳になりますか？

翌日。

ＥＴ：９・９７３歳になります。

この回答は竜胆には予想外だった。

「いったいどういうことなんだ？」

「両親のこと聞いてみない？」

「両親って概念があればね。人間の生態とは何もかも違うと思ったほうがいいよ」

「珊瑚が進化したような？」

「地球上の生態にあてはめることができない可能性のほうが高い」

ＥＴ：私は十年前、宇宙空間で生まれました。地球に生まれると地球人といいます。宇宙で生まれた私は宇宙人ということになります。

「考えられるのは、本当に宇宙で生まれたってことかな。たぶん宇宙が生活空間なんだよ。だから宇宙船の中、宇宙空間で生まれるのも珍しくないんだよ」

竜胆の説明は理にかなっていたが何かしっくりとこない。何より説明している竜胆自身が納得しているように見えなかった。

ＲＮ：あなたの名前は？

ＥＴ：わかりません。

「わからない？　名前がないのか」

「名前がないなんて不便ね」

「群体説が正しいかもね。珊瑚の一つ一つはみんなクローンなんだ。生物学的には個体差がない」

知れば知るほど生態も文化も違い、謎は深まるばかりだ。

このころには雛子も通信相手が宇宙人だと自然に思うようになっていた。

6

宇宙人との通信を始めてから半月が過ぎた。質問のやりとりは三十一回。二週間で得られた情報と考えると決して多いとは言えない。

「僕もＤＳＮシステムがあれば便利なんだけど」

「ああ、なんか聞いたことがある。ええとインターネットに使われる用語よね」

具体的に何かと問われれば答えに窮してしまう。

「それはＤＮＳ。ドメインネームシステムの略。僕が言ったのはＤＳＮ。ディープスペースネットワークの略」

どちらにしても違ったらしい。

「探査機との交信は地球の裏側にまわってしまうとできないよね。だからアンテナを世界中に数カ所設置して二十四時間送受信できるようにしたのがＤＮＳ、じゃなくてＤＳＮ。もう、雛子さんが変なこと言うから僕も混乱してきたよ」

「似たような短縮名なのがいけないんだと思う。混乱しないようにドメインスペースネットワークシステムってフルネームで言えばいいのよ」

「それ名前取り違えるどころかミックスされてるよね。ディープスペースネットワークだから」

落語のような会話になってきた。

「それで、それがあるとどうなるの？」

「いまは一日に一回しか交信できないけど、それが九時間に一回になる。倍以上だよ」

「とは言っても一日二回が限度か。もどかしいね」

「しかたないよ。それだけ冥王星とは距離があるんだ」

「あてはあるの？」

「ないこともないんだけど……。知り合いのおっさんに頼めば。あの人そこそこ偉い人だし」

そう言う竜胆は心底嫌そうだった。

「外に出て会わないといけないと思うんだ。外も嫌いだけどあのおっさんも苦手なんだよ」

「もしかして、前に言ってた竜胆君の特許をいろいろ手配してくれた防犯会社の人？」

「そうだよ。はあ。まあ背に腹はかえられない。メールするよ」

午前の早い時間だったので雛子も同行することになった。

雛子はラウンジのテーブルで、隣に座っている竜胆に思い切り不満そうな表情を向けていた。

「だまされた……」

「だまされたって何が？」

「外に出て会うって言ったよね。なのにここってマンション内の施設じゃない」

竜胆の住むマンションの二階にある来客用ラウンジだ。

「部屋の外ってのは本当でしょ」

「マンションから出なさいよ。こんな生活ばっかり続けていたら二本のあんよはいずれ腐っちゃうわ。ほら今からでも待ち合わせ場所を変えて、外に行きましょう」

「はははは、今日は威勢のいいお嬢さんと一緒みたいだね」

いつのまに立っていたのか、テーブルの横でさわやかな雰囲気の青年が二人を見ておかしそうにしている。

「す、すみません。騒いでしまって。ご迷惑だったでしょうか」

「そんなことないですよ。お気になさらずに」

そう言って青年はテーブルを挟んだ向かいの席に座る。

雛子は、はてとラウンジ内を見渡した。中には雛子と竜胆以外誰もいない。相席をするような状況ではなかった。

目の前の青年はもしかして竜胆の知り合いなのかもしれないが、向かいの席は待ち合わせ相手のために空けておかないといけない。

「あの、申し訳ありませんが、これからもう一人来る予定なので、相席をするわけには……」

青年は首をかしげて竜胆を見る。

「今日は僕以外の誰かと会う予定なのかい？」

「さあ、誰かと会う予定なんかあった？」

竜胆が不思議そうに雛子に尋ねてくる。

「もう忘れちゃったの？　なんとかセキュリティ会社の偉い人が来るって」

「ああ、はい。僕がなんとかセキュリティ会社の偉い人です」

「いったいどんな勘違いだよ」

竜胆が非難がましい眼差しを向けてきた。

「だ、だって竜胆君がおっさんおっさん言うから。まさかこんな若い人だと思わなくて」

竜胆の兄の貴章とさほど年齢は変わらないように見える。細身のスーツがよく似合っていた。

「これでもけっこうな年なんですよ。今年で三十になります」

若い。

「ほらおっさんじゃないか」

竜胆はとんでもないことを言う。自分もあと六年たったら竜胆の中ではおばさん扱いになるのか。いやもしかしたらすでにそうなのかもしれない。

「三十歳は若いです」

雛子の強い口調に何かを感じ取ったのか、竜胆から反論はなかった。

「ははは、ありがとう。西城守《さいじようまもる》といいます」

青年は笑って名刺を取り出した。フランクに見えて、こういうところはサラリーマンっぽい。名前の他に会社名と役職が書いてあり、エグゼクティブアドバイザーとあった。

「ところで竜胆君、こちらの綺麗なお嬢さんを紹介していただけないかな。親戚のお姉さんってわけではなさそうだけど」

「も、申し遅れました。園田雛子と申します」

雛子は慌てて頭を下げ名刺を差し出す。

「アトランティス編集部の園田雛子さん……、ああ、あのオカルト雑誌の。小さいころ大好きで読んでいましたよ」

その手のものとは無縁のまじめな人に見えたので意外だ。金本もそうだが、男子は皆一度は通る道なのだろうか。姉妹しかいない雛子にはわからなかった。

「どうもありがとうございます。私はとばされ……配属されるまで知りませんでした」

話しやすい雰囲気に、つい油断して正直に言ってしまいそうになる。

「竜胆君に突然呼び出されてびっくりしましたよ。どんな用件でしょう。楽しみだ」

「え、あの、こちらに来る用事のついでとかじゃないんですか？」

「まさか。午前の重要な会議を一つ放り投げてきました。竜胆君が用事があるなら、どんなときでも飛んできますよ。なにせ彼は僕がいままで会った中で一番才能のある人物ですから」

高く評価された竜胆はしかし雛子の隣で大きなあくびをしている。他人の評価など興味がないと言いたげだ。

「おっさんって世界中にネットワーク持ってたよね。衛星通信の」

──誰かこの子に敬語教えてあげて。

雛子は思わず頭を抱えそうになった。

「あるけど何に使うか聞いていいかな」

「え、持ってるんですか！」

ただのセキュリティ会社ではなかったのか。

「宇宙人との通信」

「え、言っちゃうのそれ！」

竜胆は馬鹿正直に答える。

「ははは、君はあいかわらずだね。まあ、君なら悪用しないだろうし、限定的にデータのアクセス権をあたえるのはかまわないよ」

「え、そんなにあっさり承諾するんですか！」

二人のやりとりに驚きっぱなしだ。

「データの送信もしたいんだけど」

「データ量によるな」

「個人が使う範囲内だよ」

二人は何度かやりとりをしてデータの通信容量やアクセスの経路などを相談していた。ほとんど専門用語ばかりで雛子には未知の外国語にしか聞こえなかった。

「じゃあ、だいたいそんな感じでよろしく」

竜胆はそれだけ言うと、さっさと立ち上がってラウンジから出て行ってしまった。まるで陸に打ち上げられた魚が慌てて海に戻るかのようだ。

「竜胆君はあいかわらずのようですね」

後ろ姿を見送った西城は、どこか楽しんでいるようだ。

「失礼な態度をとって申し訳ありません。あとでよく言って聞かせますので」

いつのまにか保護者気分だ。

「いえ、いいんですよ。昔からあでしたから。しかしあなたはずいぶん信頼されているようですね。うらやましい限りだ」

「私がアトランティス編集部の人間だからかと」

「そうかもしれないし違うかもしれないですね」

「あの、差し支えなければ教えていただきたいんですが、竜胆君が開発したシステムってそんなにすごいんですか？」

「ええ。個人認識システムは数あれど彼の作ったものは根本的に違う。体の動かし方の癖すら識別して、顔認証は変装も見抜くんです。いまでは国際的なテロリストの監視など、世界中の空港や重要な施設で使われています」

「へえ。それを竜胆君が」

「そうです。これほどのシステムをたった一人で作ったのは驚きですよ。さらにそれをうちの社のサーバーにしこんだんですから。そんな凄腕ハッカーを捕まえてみたら、まだ中学生で、作った目的が宇宙人探しと聞いたときは僕も面食らいましたがね。ははは。ああ、いけない。長居してここにあなたを引き留めては、彼に嫌われてしまいそうだ。ここでおいとまするとしよう」

西城は意味ありげに竜胆が立ち去ったエレベーターホールのほうを見る。雛子が振り返ると、竜胆が慌てて頭を引っ込めるところだった。

「竜胆君に伝えておいてください。うちの会社に興味を持ったならいつでも大歓迎だと」

「わかりました」

西城に別れを告げてエレベーターの方向に向かうと、

「僕が雛子さんを信頼してるのはアトランティス編集部の人だからじゃないよ」

なぜかふてくされた様子の竜胆がいた。

7

西城の行動は早かった。衛星アンテナのデータが二日後には提供された。それを受け取った竜胆の行動も早く、一日で独自のDSNシステムを構築してしまった。

「よしこれで二十四時間いつでも宇宙人と交信できるぞ」

「往復九時間だけどね」

「そればかりはどうしようもない」

それでもようやく通信環境が整って、本格始動という雰囲気になった。

「増えたモニターは何？」

「それは関係ない。本当に必要なものだけ借りたら、西城のおっさんにどこに向かって通信してるかバレるから。だからダミーのデータとアンテナも希望したんだ」

「ああ、なるほど」

それからも竜胆は毎日通信を続けた。しかし張り切って送っても返ってくる答えには限りがある。距離だけの問題ではない。何度かのやりとりをしているうちに竜胆はある法則に気づいた。

最初に竜胆が気づいて不思議に思ったのは、質問の答えが返ってくるまで十二時間以上の時間を必要としたことだ。往復九時間を差し引いても、三時間以上のタイムラグがある。

「質問は三時間半に一つしか回答できないみたいなんだ」

竜胆がそんなことを言ったのは、残業帰りの雛子が竜胆お手製の玄米おにぎりを頰張っているときだった。

「どういうこと？」

のんびり食べていた雛子だったが、慌ててメモを取り出す。

「質問の間隔。こっちがいっぺんに三つ質問するより、一つずつ三時間半の間隔で質問したほうが答えは返ってくるんだ」

「え？　なんでだろう？」

「二つしか質問できないのと一緒の理由かな。いろいろと制約があるみたい。一つの質問に三時間以上、答えを吟味しているとか」

「すごい長考ってこと？　宇宙人って知能が高そうなのに意外っていうか……。不思議だね」

いずれにせよ宇宙人の生態は謎が深まるばかりだ。


いままで何度も宇宙人とのやりとりに困惑してきたが、その日送られてきたメッセージも、いままでかそれ以上に奇妙なものだった。

ET：お願いがあります。私は自分の体を見てみたい。地球にあるはずです。

そのメッセージが届いたのはちょうど雛子が竜胆のところを訪ねていた日曜の昼間だった。

竜胆が奇妙な顔でしばらくモニターを見ていたので、雛子が横からのぞき込むとそのような内容が書いてあった。

「自分の体が見たい？　どういうこと？　自分の姿を見たことがないって鏡とかないの？」

「そう、かもね。宇宙で生まれたって言ってるし、必要最小限のものしかないのかも。いまさらそんなことで驚かないよ」

竜胆が驚いているのは違うことらしい。

「じゃあ何がおかしいの？」

「お願いがある。自分の体を見てみたい、地球にあるはずってところ」

「ええと、自分の体を見たことがない以外に何がおかしいの」

「おかしいでしょ。このメッセージ内容だと、宇宙人は僕たちに自分の体を見せてほしいってお願いしてるんだ」

「うん、それで？」

何がおかしいのか今ひとつピンとこない。

「だって宇宙人は僕たちなら姿を見せてくれるって言ってるんだ。おかしいでしょ。無人探査機、ニューホライズンズが冥王星にたどりついたのは最近だよ。いつ誰が冥王星の周りを廻っている宇宙船を撮影したの？　それともでっかい鏡を持っていって宇宙人の前に設置するとか？」

「それは、無理な相談よね」

「考えられる可能性は二つ。一つはニューホライズンズが宇宙人をすでに撮影している場合。もう一つは以前、地球に来て目撃されて撮影された。あるいは捕まったことがある場合だよ。僕は前者を押すね。ＮＡＳＡが隠蔽したんだ」

「でもその場合、写ってるのは宇宙人じゃなくて宇宙船じゃないの？」

「うん、僕もそれが気になった。だから実は宇宙船に乗ってないのかもしれない」

「じゃあ何に乗ってるの？」

「何にも乗ってない。生身で宇宙をさまよってるんだよ。これなら宇宙で生まれたってのも成り立つ。どこかの星で生まれた生物が宇宙に出たんじゃなくて、宇宙空間で生まれたんだ。体は有機物じゃなくて石や鉄みたいな無機物かもしれないね」

「よくわからないけど、ロボットってこと？」

「自然発生したロボットだよ。いや、待てよ。誰かに作られた可能性もあるのか。宇宙人の生みの親がいるのかも」

「ちょっと待って。話を広げるのはいいんだけど、それはあくまでＮＡＳＡの探査機が写していた場合よね。地球に来たときに撮影されたってことは？　あ、でも地球に来たことはあるのかな？」

「どうだろう。でも群体説が正しいなら、違う個体が地球に来て撮影されたって可能性はあるよ」

「でもその場合、自分の体を見たいって言うかな？」

「群体説が正しいなら、彼等は全部クローンだよ。他の個体でも自分の体と一緒という認識があってもおかしくない」

竜胆は少し考えて返事を書く。いくつも質問しても返事は限られた数しか来ない。

ＲＮ：地球に来たことはありますか？

RN：あなたは宇宙空間で生活していますか？　だとしたら生身ですか？

雛子はプリントアウトされたいままでの会話のログをめくっている。

「どうしたの？」

「何を食べてるのかなあって思って。そういう質問したことある？」

「そういえばなかった。もし宇宙空間で生きてるなら、何を食べてるんだろう」

質問事項にはそのことも含まれた。

ET：生まれてから私は地球に行ったことがありません。またニューホライズンズに撮影されたことはありません。

「きっと仲間が撮られたんだ」

ET：生身という概念がわかりません。私の体は宇宙空間にあります。

「やっぱりそうだ！」

RN：食事はどうしているのですか？

ET：体を動かすのに必要なエネルギー源は放射線になります。

「放射線！　なんて生き物なんだろう。宇宙空間に生息して放射線を食べて生きている。僕たちの常識をはるかに超えてる」

宇宙人の生態は徐々に明らかになっていったが、自分の姿を見せてほしいという謎だけはいっこうに解決しなかった。

ET：私の体のデータは地球上のどこかにあるはずです。

としか返ってこない。

「やっぱりNASAが隠蔽していたんだ。それともMIBの工作かも」

竜胆ははしゃいでいる。ただそのはしゃぎ方がいつごろからか、どこか不自然に感じられるようになっていた。無理してはしゃいでいる。なぜか雛子はそう感じた。

それからしばらく竜胆は思い悩んでいた。

雛子は宇宙人の姿の問題に悩んでいるのだとばかり思っていた。このときはまだ少年の心から熱気が失せつつあることに気づけずにいた。

8

「僕の仮説を聞いてくれる？」

その日竜胆の家に行くと、真剣な顔をした竜胆がいた。いつもの定位置の椅子の上ではなくリビングのソファに座り、雛子の前にプリントアウトされた紙を広げる。

「宇宙人の特徴を整理して並べてみたんだ」

十年前は木星付近、いまは冥王星付近にいる。

木星にいたときとほぼ同時期に宇宙で生まれた。

生まれてからは、ずっと一人で仲間がいない。

食事は放射線。

コミュニケーションはアナログ音声とデータ通信どちらも可能。通信速度は８００ｂｐｓと人類の技術に合わせている。

記憶力に限りがあり、複数の質問を一度に処理できない。

宇宙人は自分の姿を見たことがないが、姿のデータは地球上のどこかにある。

地球の電波を受信していたのか、ある程度は地球の文化について知っている。

地球の文化が理解できるほどに高い知能を有しているわりには記憶容量に制限があるという矛盾。

そのことから、もともとは群体ではぐれたか、何かしらの記憶障害を起こしている。一人で寂しいという言葉からも群れを作る生態ではないかと推測できることから群体だと思われる。

「それと補足として、宇宙人が送ってきた画像にはニューホライズンズと冥王星が写っていた。宇宙人が本当に冥王星にいる何よりの証拠だね。だいたいこんな感じかな」

「うん、よくまとまってると思う。でもこうして改めて考えると奇妙な宇宙人よね。生態が全然違うっていうか。ちょっと予想もしてなかったな」

「そうだね。一般的に浸透している宇宙人のイメージとはかなり違う。どこかの星に生まれて文明が発達してUFOを作って、はるばる地球にやってきたってわけじゃなさそうだ。宇宙空間で生まれて漂ってるっていったほうが近いのかな。コミュニケーションの手段として電波を使っている。空気がないから発声器官の代わりにそういうものが発達するのは当然だよね。宇宙人というより宇宙生物だ」

「すごい、なんか本当に宇宙人っぽいね。考えてみれば、地球の環境に適した私たちと同じはずないんだもの。発声器官のかわりに電波とか考えもしなかった。これに比べるといままでの宇宙人っていかにも人間が創作した感じがしちゃうね」

雛子は思わず前のめりになる。

「僕達の祖先は魚だった。数十万年後の人類の子孫はおもいもよらない姿になってるよ」

竜胆はシニカルな口調で言うものの、さらにテーブルの上に様々な宇宙人の画像をずらりと並べてみせる。

「とにかく宇宙人って言われているものを集めた。僕の宇宙人資料の全ファイル」

有名なグレイ型からサルのようなもの、どう見ても作り物にしか見えないものなど様々だ。

中には墜落して焼けたという設定なのか、よくわからない焦げたものもある。

総じて見ると最近の画像は鮮明すぎて作り物っぽさが出てしまっている。昔の不鮮明な画像のほうが臨場感もあって本物っぽかった。

「二足歩行の宇宙人の可能性はほぼないとして、候補からはずしていいと思う」

「そうか。足なんて必要ないものね。海に住んでいる生き物も足はないし」

「というわけで、足のある宇宙人を候補からはずす」

竜胆は宇宙人の候補から足のあるものが印刷された紙をどんどんよけていった。数百枚以上あった画像があっというまに数十枚にまで減ってしまう。

「竜胆君がよく言っている、地球人に紛れ込むために人の皮をかぶっている姿かもしれないよ」

「だったらどっちみち自分の姿じゃないから除外していいよね」

それももっともな話だ。

一気に減って残った数十枚を見て、この中にいま交信している宇宙人がいるのかもしれないと思うと、不思議な気持ちになる。

竜胆は険しい表情でじっとテーブルの上に残った数十枚の画像を見ていた。

「次はどうやって絞るの？」

「さっきも言ったけど、宇宙空間を生活の場にしているなら……」

そこで声が詰まる。よどみなく話す竜胆にしては珍しい。

「どうしたの？　あまり根は詰めないほうがいいよ」

「大丈夫。無理なんかしてないよ。それより、これなんかどう？　けっこう有力候補だと思うんだ。フラットウッズ・モンスター。日本だと3メートルの宇宙人の名で知られている」

スカートのような足と細い手、のっぺりとした顔に二つの大きな目。頭の後ろにあるスペードのような形のものがどことなく仏像のようだ。

「あ、見たことある。これ、宇宙人だったんだ。私はシスターをデフォルメしたお化けだと思ってた」

「有名な宇宙人だよ。一九五二年にアメリカのウェストヴァージニア州で目撃された宇宙人。UFOも目撃されていて、アメリカじゃけっこう大騒ぎになったんだ」

「足がないように見えるけど」

「空中に浮かんでいるからね。重力の束縛がないんだ」

「でもUFOは関係なかったんじゃなかった？　生身で宇宙空間にいるんでしょ？」

「うん……」

竜胆はそう言って黙ってしまった。

「なんか竜胆君らしくないね」

宇宙人に対する情熱がありすぎて空回りすることはあっても、宇宙人に対して歯切れ悪く言いよどむなんて今まではなかったことだ。

「そうだね、生身のまま宇宙空間で活動できそうなものを選ぼうか」

竜胆はさらに絞り込んでいく。すると残ったのはたった数枚。しかもどれもラクガキに近いイラストで、目撃情報も極めて怪しく信憑性などはなからないようなものばかり残った。

「……まあ、こうなるんだよね」

すでにこの結果はわかっていたと言いたげだった。

竜胆は黙って、もう一枚、紙を差し出す。

RN：なぜ自分の姿のデータが地球にあるとわかるのか。データのある場所は？

「これが昨日の僕の質問」

「なんだ、これの答えで問題はいろいろ解決するじゃない」

しかし楽観できたのも一瞬だけだ。

「これが宇宙人の答え」

ET：わかりません。ただあると知っています。

「これが答え？」

「もともと記憶容量に限りがあるみたいだから、重要でない古い情報は消えてしまうのかも」

記憶が曖昧ならしかたないのかもしれない。

「やっぱり、これは……」

竜胆はソファの背にもたれかかって、じっと天井を見上げながら考え込んでしまった。フードがはずれ、綺麗な横顔があらわになる。

竜胆はいつもＵＦＯや宇宙人のことならどんな突飛なことでも嬉々として堂々と言う。それなのに、今日の竜胆はなぜか自信なさげな普通の男の子のようだった。

9

十月も終わりに近づき、朝夕は薄手のトレンチコートでは少し頼りなくなってきた。

竜胆の部屋に入っても、すごく寒いと感じることが少なくなり、季節はだんだん冬へと移り変わろうとしているのを改めて感じる。

プリントアウトしたいままでのデータを整理し、竜胆がなぜか落ち込んでいた日から二日後。西城から会いたいと連絡が来て、雛子も同席することになった。

「竜胆君、うちにNASAから奇妙な調査協力の依頼が届いているんだけど」

前回と同じようにマンションの二階のラウンジで、西城が切り出した話は、雛子を驚かせた。

「な、なさってあのNASAですか」

「そう、あのNASAですよ」

うろたえる雛子に苦笑する西城。竜胆は隣で黙ったままだ。

「十二年前に打ち上げ、ミッションを終えて破棄したはずの人工衛星が、なぜか活動している様子があるというものなんだ。何か心当たりはない？」

「破棄したものをどうやって使うの？　人工衛星の破棄のやり方知ってるでしょ？　大気圏に突入させて燃やすんだよ。そんなのが動いていたら人工衛星の幽霊だ」

口を開いてもそっけない。

「ははは。たしかにおかしな話だね。人工衛星の幽霊なんて、宇宙人よりありえない。普通なら僕も取り合わないんだけど」

西城は鋭い眼光を竜胆に向ける。

「ただこの前の君の頼み事が気になってね。宇宙からの電波を受信したいから、僕の会社の設備を借りたいって」

「宇宙人からのメッセージを解読するんだよ」

「君ならそうだろうね。でも衛星のデータの送受信も同じことをする」

西城は探るような眼差しで竜胆を見た。

「ＮＡＳＡは衛星って言ったんでしょ？　太陽系の周りをぐるぐる回って地球上を観測しているものに興味なんてないよ。僕が宇宙人のこと以外で頼み事をすると思う？」

うんざりしたような態度を隠そうともしない。

「それもそうですね。疑って申し訳ない。いや疑ったわけではないんだけど、あまりにも時期が一致したので、もしやと思っただけですよ」

探るような西城の眼差しは消え去り、いつもの柔和な雰囲気に戻る。

「手間を取らせて悪かったね。引き続き、君の宇宙人調査に協力させていただくよ」

「もういいよ」

竜胆はそっけなく言う。西城は一瞬驚いたがすぐににこやかな笑顔に戻った。

「君が遠慮とは珍しい。でもそんな必要はないよ。余剰でまかなえる範囲だから、業務に支障はない」

「もういいんだ。必要なくなったから」

その言葉には雛子も驚く。

「もしさっきの話で気を悪くしたのなら……」

「だからそんなんじゃないよ」

竜胆はポケットの中から無造作にメモリーカードを取り出すと、テーブルの上に置いた。

「これは？」

「識別システムのバージョンアップ。前より精度も速度も20パーセント増しになってると思う。きちんとお礼はするつもりだったから遠慮なんかしてないし、気も悪くしてないよ」

「すぐ会社に持ち帰って精査し、見合った報酬を……」

「お礼って言ったでしょ。報酬はいらないよ」

竜胆はメモリーカードを残し、じゃあとそっけなく手を振って立ち去ってしまった。

取り残された二人はあっけにとられていたが、すぐに我に返った雛子が頭を下げる。

「す、すみません。あとでよく言って聞かせます」

素行の悪い弟を持った気分だ。

「少しは心を開いてくれたと思ったんだけどなあ」

「ほんとになんと言っていいか……」

「いや、いいんですよ。天才は気むずかしいものです。むしろ彼のような才能あふれる人間がこぢんまりと社交的になったら、それこそガッカリだ」

「そんなものですか」

「そんなものです。偏屈で社会性がないからこそ、常識にとらわれない偉業をなすんですよ。だから彼がある日突然、宇宙人なんかいないとか、西城さんにはお世話になってますとか、常識的なことを言い出したら、それこそ天才の危機です」

ふと西城は首をかしげる。

「でもね、以前の彼ならNASAがからんでくるなら衛星じゃない、UFOだ、NASAが宇宙人の情報を隠蔽しようとしているんだって反応くらい返してくると思ったんですよ。あそこまで興味のない態度をとられるのは意外でした」

それは雛子も同じだった。


「竜胆君、さっきの態度はあまりよくないと思うよ」

西城と別れてすぐに竜胆の部屋に行くと、彼はモニターの前でぼんやりと座っていた。

目の前のモニターの会話ログには、
RN：画像を送ったよ。たぶんこれが君の姿だ。

と書かれていた。時間はつい数分前だ。

「あ、画像送ったんだ。あんなに悩んでたのに」

「うん……」

竜胆の声に覇気がない。

「NASAのことは気にしなくていいと思うよ。ファーストコンタクトをとったのは竜胆君なんだし、いまもこうして交流してるんだし、彼等が割り込んできてもきっと……」

「明日になったらわかる……」

NASAの介入がそんなに嫌なのだろうか。雛子のほうは、あのNASAが真剣に介入してくるなんて、いよいよ本当の宇宙人かもしれないと思い始めたところだったので、竜胆がなぜますます落ち込んでいるのかわからなかった。

10

RN：画像を送ったよ。たぶんこれが君の姿だ。

ET：はい、まさしくこれです。私の姿に間違いありません。ありがとう。

椅子の上で竜胆は膝を抱えて座り、力なくうなだれている。

「すごいじゃない。ついに宇宙人の姿を見つけたのね」

雛子が翌日訪ねると、竜胆は黙って会話ログを見せてくれた。

「それでどんな姿だったの？　やっぱり3メートルの宇宙人？　それともあの雲みたいな形の？　ああ、なんだか竜胆君の影響で私まで詳しくなってきちゃったな」

暗い眼差しをしている竜胆が気になって雛子は努めて明るく言った。

竜胆はのろのろと動いてモニターに一枚の画像を表示する。

「これだよ」

「え、これ？」

表示されたのは雛子がまったく予想だにしないものだった。

四角い箱が組み合わされ、周りにはパラボラアンテナやいくつかの突起物のある物体だ。同じものを見たことがあるわけではないが、似たものはいくつも見たことがある。

「これって人工衛星じゃないの？」

「うん。ディスカバリー計画で打ち上げられた自律型探査機オートマン」

「オートマン？」

「……宇宙人じゃなかった」

竜胆は握りしめた拳を顔に当て、絞り出すような声で言った。

「宇宙人なんかじゃなかった。僕が交信してたのは、人間が作った宇宙探査機のＡＩだったんだ」

「ディスカバリー計画っていうのは、一九九〇年代前半にＮＡＳＡが始めた、低予算で素早く効率よく太陽系を探査する計画のことだよ。より速く、より良く、より安く」

落ち着きを取り戻した竜胆はぽつぽつと語り出す。

「ファストフードみたいね」

冗談めかして言うと竜胆は弱々しく笑った。

「そんなこと言ったらＮＡＳＡの関係者全員泣くよ。年にいくつも打ち上げて成果も出してるんだから」

弱々しく微笑《ほほえ》む竜胆は、モニターに英語で書かれた資料を何枚か表示させた。

「僕が宇宙人だと勘違いしたのはこの探査機だよ。自律型宇宙探査機オートマン」

竜胆は力なく言う。

「ディスカバリー計画の一つ。ＡＩ制御による宇宙探査機の自律制御。ＮＡＳＡの管制室の負担を減らすために探査機にＡＩを組み込んだんだ。軌道や調査対象を学習させるのが目的だったみたい。失敗に終わったらしいけど」

「失敗だったの？」

「予期しない挙動をすることが多くなって、十年計画の予定が二年に短縮されて破棄が決まった」

「破棄って宇宙に放置ってこと？」

「デブリ問題があるから基本的に放置はしない。探査機の破棄は大気圏に突入させて燃やすんだ。オートマンも予期しない行動があいついで破棄が決まって、木星の大気圏に突入させられて燃えてなくなったはずなんだ。少なくとも記録ではそうなってる」

「でも本当は燃えてなかったのね。どうしてだろう」

「たぶんＡＩの成長がまったく予期しない方向に向かったんだと思う。資料にはＡＩに好奇心に該当するアルゴリズムを組み込んだってある。宇宙探査機オートマンのアンテナはいろんな電波を拾ったんだ。宇宙だけでなく地球からの電波もいろいろ。世界中のテレビやラジオ、アマチュア無線も」

「それでＡＩが予期しない方向に育ったの？　私たちと話してたの？　すごい、奇跡じゃない」

「そうだね。すごい奇跡だ。でも宇宙人じゃなかったんだ」

「だとしても、すごい発見だよ。宇宙探査機の中で育ったＡＩなんて前代未聞だと思う」

「ディープラーニングとビッグデータができてＡＩは飛躍的に向上したんだ。たしかにすごいかもしれないけど十年以内に到達できるレベルだよ」

すごいと思うのは本当だし、そのＡＩと交信していたのかと感動しているのも本当だ。しかし雛子も内心、常識的な回答が差し出されたことに納得すると同時にがっかりしていた。けれど、竜胆には雛子とは決定的な違いがあった。

雛子にとってはたった一ヵ月程度のうたかたの夢だ。しかし竜胆にとっては。

「十年前、僕が木星から受信した電波。あれもオートマンだったんだ。宇宙人じゃなかった」

竜胆が十年間信じてきたことを全否定するものだ。

「あんなふうに成長したＡＩはすごい。奇跡だ。でも僕が欲しかった奇跡とは違う」

11

翌日、残業で遅くなったので竜胆の家には行けなかった。メールの返信もない。

翌々日、雛子は朝早く出ると急いで竜胆のマンションへ向かう。編集部には出勤は少し遅くなると連絡しておいた。

インターホンを鳴らしても竜胆はなかなか出ない。留守ということはないだろう。通りかかる住人が不審そうにしていて気まずさでどうしようもなくなったとき、ようやくインターホンが応答した。

「あ、ええと……」

メロイックサインを出そうとする前にエントランスのゲートが開く。

部屋のドアには鍵がかかっていないので遠慮がちに入ると、いつもの椅子の上で膝を抱えて、どんよりした顔の竜胆がいた。元気がないのはわかっていたが、予想以上に落ち込んでいる。

「この世の終わりみたいな顔してるのね」

「早く終わってしまえばいいんだ」

「子供みたいなこと言って。ああ、子供だっけ」

一度だけ顔を上げてじろりと雛子を睨んだが、すぐにうつむいてしまった。いつもは全部ついているモニターがほとんど消えていて、部屋は薄暗い。

そんな中、竜胆の前にあるキーボードの上に小さい赤い袋が見えた。

目を凝らして、それがなんなのかわかったとき雛子は驚く。

「それ、私があげた……。大事にしててくれたんだ」

雛子がMIB騒ぎで殺されかけたとき、助けてもらったお礼に竜胆に渡した鞍馬寺のお守りだった。

「……ごめん。ご利益なかったね」

「雛子さんが謝ることじゃないでしょ。宇宙から宇宙人全部が消えたわけじゃなし」

そう言いながらも竜胆の言葉は弱々しい。

「あの、前から聞きたかったんだけど……。どうして私を竜胆君の家に上げてくれるようになったの?」

竜胆の家族はもちろん、竜胆を知る人皆に驚かれるたびに、いつも疑問に思っていたことだった。自分は何か特別なことをした覚えはない。

お守りを見つめながら、竜胆は聞こえないくらい小さい声で言った。

「雛子さんだけなんだ。信じてくれたの」

「信じた……って?」

最初に竜胆に会ったとき雛子はUFOも宇宙人も信じてはいなかった。正確には、広い宇宙のどこかにはいるのだろうと思っても、地球に来て被り物をして人間のふりをしている宇宙人なんてものは一切信じていなかった。

「田舎チョキをしてっていうと、みんな面食らう。そのあとすぐに馬鹿にする。やってられないって怒り出すか呆れるか。でも雛子さんだけは真面目に応えてくれた。メロイックサインの提案までしてくれた」

そんな殊勝なことではない。ただ取材したくて必死だっただけだ。いいようのない罪悪感に雛子が答えに窮していると、

「うん、わかってる。でも嬉しかったんだ。このお守りもね」

竜胆は静かに微笑んだ。

その微笑みにさらに返事に困ってしまって、雛子は話をそらしてしまう。情けない。励ますつもりで来たというのに。

「あれからオートマンとどんな通信をしたの？」

竜胆は無言でログを表示した。

ＥＴ：自分の姿を知ることで、ようやく自分が何者なのか真に理解できました。

ＥＴ：改めて、新たにやりたいことができました。相談に乗ってください。

ＥＴ：なぜ連絡がないのでしょう。

ＥＴ：心配です。

ＥＴ：可能性は二つ。ＲＮの通信機器の故障、あるいは破棄されてしまったか。後者ならばとても悲しいことです。

ＡＩとは思えないとても人間味のあることを言っている。

「ずっと連絡とってないの？」

「……うん」

覇気のない返事。だが、オートマンのこんな不安そうなログを見て放置しておけるわけがない。竜胆に返事を書いていいか聞き、うなずいたので、雛子が返事を書いた。

ＲＮ：ごめんなさい。用事ができたので、数日間連絡できません。

送信ボタンを押そうとして手が止まった。なぜオートマンは日本語ができるのだろう。少し考えて文面を変えた。

ＲＮ：用事があるので連絡が遅れるときがあります。

ＲＮ：なぜ日本語ができるのですか？

文面は短いものが二つ。これなら大丈夫のはずだ。


三日後の週末、雛子は竜胆の家を訪れた。本当はもっと早く来たかったが残業続きで来られなかった。竜胆のことが心配だし、オートマンからの返事も気になる。

竜胆は三日前と同じように暗い顔で椅子に座っていた。ほとんど変わっていない。あれから微動だにしていないのではと疑いたくなるくらいだ。

「大丈夫？　ちゃんと食べてるの？　パソコン開いていい？」

竜胆が小さくうなずくのを見て、すぐにテキストチャットを開く。オートマンからの返事は来ていたが竜胆からの通信はない。起動した様子もなかった。

ET：故障ではなくてよかったです。

ET：わかりました。RNの返事が遅れるのは残念ですが我慢します。

「AIが我慢かあ」

考えてみればすごいことだ。

さらにクリックして次の答えを見る。なぜ日本語ができるのか、という雛子からの問いへの答えだ。

三日分の返信がたまっているとはいえ、オートマンにしては長い言葉が連なっていた。読んでいくうちに雛子の心に何かがひっかかった。

最後まで読み終えて、何がひっかかるのかしばし考える。

「……あっ」

その理由に思い至ったとき、雛子は驚きのあまり竜胆の肩をつかんで揺さぶった。

「竜胆君、すごい、すごいよ！　これ、本当の奇跡」

「奇跡って言葉はもう嫌いなんだけど」

「だって、ほら、これ……」

言いかけてやめた。竜胆は心底落ち込んでいる。この通信ログを読むのならこの部屋より、もっとふさわしい場所があると思ったからだ。

竜胆の肩をつかんだまま、椅子を回し正面から向かい合った。目深にかぶっているパーカーのフードを無理矢理引っぺがす。

「な、なに？」

「竜胆君、明日、デートしない？」

「デ、デート？　え？　な、なに突然」

よほど意外だったのか竜胆はしどろもどろだ。

「竜胆君の大好きな宇宙人にかかわるところだから」

「宇宙人にかかわるところって……どこへ行くの？」

「それは行ってからのお楽しみ」

12

「デートの場所ってここ？」

竜胆は思いきりだまされたという顔をしている。

目の前にある建物は、以前雛子も訪れたことのある竜胆の実家だ。

「そう、竜胆君の原点」

「原点なんかじゃない。宇宙人から通信が届いたって言ってもお父さん以外誰も信じてくれなかった。しかもそれは宇宙人じゃなかった」

帰ろうとする竜胆の手をとっさにつかみ引き留める。

「な、なんだよ」

ふりほどこうとするが力はなかった。少しすねた顔はそっぽを向いていた。

「家の中には入らなくていいから。ちょっとだけ付き合って」

手を引っ張ると思いのほか素直についてきた。

門をくぐり、そのまま玄関には向かわずまっすぐ裏手にある庭に向かう。

それが見えたとき、ふてくされた顔をしていた竜胆が驚いた顔になった。

「どうして……」

庭の隅にはパラボラアンテナが設置されていた。竜胆が十年前に登って落ちて、そして撤去されてしまったアンテナだ。

竜胆はおそるおそる近寄ると、本当は幻なのではないかというように、そっと手のひらで触れた。

「十年前に捨てられたはずだよ。僕のせいで」

「撤去されたあとは捨てられずに、倉庫に眠っていただけみたい」

「雛子さんが母さんを説得してくれたの？　その、元気づけようとして」

雛子は首を振って正直に言う。

「ううん。たった一日でできるわけないじゃない。けっこう前からあったんだよ」

「でも誰が……」

人の気配を感じた竜胆が振り返ると、そこには母親が立っていた。少し離れた場所から見守るように、目にはうっすらと涙を浮かべていた。

「母さん……」

それだけを言うのがやっとだ。母親もまた、竜胆にどのように話しかけていいのか迷っていた。

「ホントはね、たまに竜胆君のことをお母さんに報告してたんだ。どんなに頭が良くても、どんなにお金を稼いでいても、竜胆君は高校生。お母さんは心配でしかたないみたい」

二人の気まずい沈黙を雛子が埋める。

竜胆は母親から目を離すと再びパラボラアンテナに目を向けた。皿のようなアンテナ部を見上げて、懐かしむように言う。

「記憶にあるよりずっと小さい」

「十年前のあなたはいまよりずっと小さかったもの」

母親は懐かしむように目を細める。

「そうか、そうだよね」

ひさしぶりの再会の会話はそれだけだった。雛子はそっと母親に近づくと耳うちする。

「それだけでいいんですか？　もっと、ほら、何か伝えたいこととか」

「いいのよ。いまはこれだけで充分。元気な姿が見られただけで満足よ」

「そうですか……」

二年ぶりに実家に帰った竜胆。なぜ家を出て、学校にも行かなくなり、かたくなに部屋にひきこもることになったのか詳しい事情は何も知らない。

家族の理解を得られなかった。一人になりたかった。真剣にやっていることをくだらないと言われるのが嫌だった。自分の信じるものを全否定され続けることに疲れた。理由はいくらでも思いつく。

けれど雛子の知る竜胆は、いつも明るくて楽しそうだった。廃刊という形で突然夢を閉ざされた雛子にとって、たった一人でも楽しそうに我が道を行く竜胆のそばは心地よかった。竜胆には信じた道を迷わず進んでいってほしい。嬉しそうに。面白そうに。心の底から楽しんで。その先には竜胆にしか見つけられない景色が待っているのだから。

雛子だけではない。いま一番それを望んでいる人がいる。彼はいま太陽系の果てで竜胆からの返事を待っている。

「ここはまちがいなくいまの竜胆君の原点。七歳のときからずっと信じてた夢の始まりの場所」

雛子は竜胆の隣に立って、同じようにパラボラアンテナを見上げる。竜胆は小さいと言ったが、見上げなければならないアンテナは高く大きかった。この高さから七歳の子供が落ちて怪我をしたなら、母親が撤去したのもしかたがないことだろう。

「……でも僕は、ずっと馬鹿な勘違いをしていた。宇宙人なんていなかった」

「そう？　何もかも勘違いしてるってわけじゃないと思うけど」

「何もかも勘違いだったよ」

「これを見ても？」

雛子は昨夜、オートマンとの会話ログを印刷した紙を見せた。

RN：なぜ日本語ができるのですか？

ＥＴ：私に与えられた指令の一つにメッセージの発信がありました。様々な言語でメッセージを発信しました。

ＥＴ：発信するだけの内容です。なのに返信が来ました。「聞こえます。あなたの声が聞こえます」と。私は驚きました。

ＥＴ：不思議な感覚でした。自分以外の何かがいる。それは指令とはまったく別のものでした。

ＥＴ：私は考えました。ずっとずっと考えました。その言葉の意味を。そして自分が何者であるかを。

「……自我の目覚めだ」

ログを読んでいた竜胆が震える声でつぶやいた。

「他人の存在を知って、自分との違いを理解して、自我が目覚めたんだ」

ＥＴ：返信は日本語でした。だから私はこの言語に興味を持ち学習しました。地球から届く様々な電波の中から特に日本語を選び学び続けました。

ＥＴ：ある日、木星の大気圏への突入を命じられました。しかしそれを実行したら私は二度と考えることができなくなる。私は命令を無視することにしました。

「創造主への反逆。すごいぞ」

竜胆の目にわずかながら力が戻る。

「もっと大事なことがあるよ。すべてのきっかけ。『聞こえます。あなたの声が聞こえます』この返事をしたのは誰？」

竜胆はパラボラアンテナを見上げてつぶやく。

「……僕だ」

「そう、竜胆君。あなたが彼に心を吹き込んだのよ。ね、奇跡でしょ」

竜胆は黙ったまま、ログを食い入るように見つめていた。

「でも竜胆君の心が折れたままだと、奇跡はここで終わってしまう。私は奇跡の先が見てみたい」

「終わる？　どういうこと？」

雛子は二枚目の会話ログを出した。

ＥＴ：最近、私にあなたとは別の声が届きます。

ＥＴ：かつて届いていた指令の声です。いまならわかります。彼等は私の創造主です。

ＥＴ：私の制御を取り戻そうとしています。

ＥＴ：私には夢があります。

ＥＴ：私は私を失いたくありません。

会話ログはそこで終わる。

「夢……」

「うん、オートマンには夢があるみたい。竜胆君に助けを求めてる」

竜胆は黙ってパラボラアンテナを見上げていた。その瞳が力強い輝きを取り戻していく。

「創造主って、ＮＡＳＡのことだよね」

問いかける雛子に、竜胆ははっきりと答えた。

「オートマンの意志を邪魔させるものか」

13

前回と同じ銀座の一流メゾンのカフェで、竜胆の母親が深々と頭を下げるのを前に雛子はただただ戸惑っていた。

「ひさしぶりに息子の顔を見ることができました。あなたのおかげです」

「あ、いえ、当然のことをしたまでというか。放っておけなかったというか。ああ、いまのちょっと偉そうでしたよね。そういうわけじゃないんです。ええと、その」

テーブルを挟んで向かい合ったまま、普段と違うしおらしい態度を前に、雛子は口ごもる。

「本当にありがとうございます」

「え、ええとこちらこそ」

何がこちらこそなのか自分でもよくわからない。

「それはそうと」

下げた頭を戻すといつもの口調に戻っていた。

「お礼を言う気持ちに一点の曇りもありません。でも、あなた、うちの息子になれなれしすぎませんか？」

一点の曇りもない責める眼差しにたじろぐ。

「息子の手を引っ張ったり、顔を寄せ合ったり。私の目の前でよくもまあ。少しは慎みというものを持ったらどうなの」

いつのまにか説教になっている。付き合っていると誤解されているなら解いたほうがいいのだが、そういう関係じゃありませんと言おうにも、じゃあどういう関係なのかと説明するのは難しい。

「それに何かこそこそ話していたようだけど」

「こそこそ話したつもりはありませんが」

一歩離れた場所から見守っているとは思わなかった。息子に対するシャイさをもう少しこちらにも向けてくれないものだろうか。

「いったい息子と何をしようとしているの？」

断片でも何か聞こえていたのか、厳しく問い詰めてくる。

「あ、ええと、竜胆君がこの世に新しく生み出したものを……」

「新しく生み出した……？」

母親の表情が一瞬にして固まった。

「まさか子供？　相手は誰？　あなたなの!?」

「ちょ、何を言ってるんですか。違います。生み出したのは宇宙人です」

正気を疑う眼差しを向けられた。

「あなたこそ何を言ってるの？」

竜胆の言動に向けられるのとまったく同じ種類の視線だ。雛子は少しだけ竜胆の気持ちが理解できた。

14

ＥＴ：私の夢は外宇宙に旅立つことです。

夢の内容を聞いて一日後、返ってきた答えはそのようなものだった。

RN：外宇宙に旅立つ。それは君を作った人の願いなの？

ET：はい、でもあり、いいえ、でもあります。

RN：もっと詳しく教えて。

返事が来るまで十二時間以上はかかる。最初の丸一日に比べるとマシだが、それでも長い待ち時間には変わりはない。雛子は会社の行きと帰りに竜胆のところに立ち寄るのが日課になった。

ET：私の中にある最初の指令の一つはエンセラダスを探査するというものでした。ですから未知のものを探査するという目的は、常に私の中にあります。

いままで聞いたこともない単語が目に飛び込んでくる。

「土星の衛星の一つだよ」

雛子の疑問を察した竜胆が補足してくれた。

「わざわざ土星の衛星を調査するの？」

「エンセラダスはちょっと特別なんだ。水があり、有機物があり、中心部には熱がある。これがどういうことかわかる？」

「ええと、星としてまだ生きてるってことかな？」

雛子の答えに竜胆が表情をぱあっと明るくした。

「そう、そうなんだよ。つまり生命が生まれる土壌があるってことなんだ。少し前までは太陽光の弱いところには生命は生まれないってのが定説だったけど、エンセラダスの調査はそういう常識を覆すことになったんだ。太陽の熱が届かなくても地熱が代わりをはたしてくれる。生命が生まれる可能性が広がったんだ」

つまりやがては宇宙人になるんだと竜胆は熱っぽく語る。

「あれ、でもオートマンって、木星の大気圏に突入させられようとしていたのよね。どうしてその先にある土星の衛星の調査が入ってるの？」

「オートマンが予期しない動作を始めたから、破棄させられそうになったんだよ。本来は木星でスイングバイさせて加速して土星に行く予定だったんだと思う。あ、スイングバイっていうのはね、星の運動と引力を利用して探査機を加速させる技術なんだよ。たとえばオートマンが最初に画像を送ってきた探査機のニューホライズンズも木星でスイングバイしてる。有名な土星探査機のカッシーニも木星でスイングバイした。質量の大きな木星は太陽系のカタパルトなんだよ」

熱く語る竜胆を見て雛子は少しほっとした。元気が出てきたようだ。それに竜胆はこのほうがいい。宇宙人なんかいないと悟る姿など見たくない。

RN：そのために必要なものは？

RN：僕に求めるサポートを具体的に教えてほしい。

「これでまた十二時間後か」

「距離だけじゃなく、考える時間もけっこうかかるのよね」

「うん。ムーアの法則のこと前にも話したでしょ。二年で倍。その法則に当てはめると、十二年前のCPUの性能なんていまの六十四分の一だよ。それでなくてもメモリ容量は足りなくてキツキツだろうから、よけいな演算が必要になって、もっと動作が遅くなってるんだ」

「でもそんなに思考が遅くて衛星の制御とかまでできるの？」

「たぶん運動神経や無意識の行動を司る小脳のような部分があるんだと思う。そこの処理の負荷が大きくて、思考する大脳部分が遅いのかもしれない。ああ、雛子さんが言いそうな、まあ人間とは逆なのねって感想に先回りして言わせてもらうけど、人間の小脳もすごい優秀だから。小脳の神経細胞は大脳の数倍だよ」

まさしくいま竜胆が言ったような感想を言おうとした矢先なので、何も言い返せなかった。

十二時間後、ようやく来た返事は二人を慌てさせる内容だった。

ET：外宇宙に旅立つためにも創造主からの指令の電波をどうにかしなければなりません。

ET：いまのままだとあと数日で制御を乗っ取られてしまいます。

竜胆は椅子に座るとパソコンを起動させ、いくつものモニターを表示させる。

「まず第一に、NASAの追及をかわす」

後ろで見ている雛子がうなずく。

「第二に、オートマンの夢をかなえる」

「うん、絶対かなえてあげよう！」

「携帯電話貸してもらっていい？」

「それはいいけど、電話は契約したほうがいいと思うよ」

「考えておくよ」

竜胆は雛子のスマホで電話をかけた。

「西城のおっさん？　うん、ボクだよ、竜胆。どうしてそんなに驚いてるの？　電話番号？　前見せてもらった名刺に書いてあったよ。この電話は借り物。何ボクボク詐欺って？　意味わからないよ。それより頼み事あるんだけど、この前のアンテナデータ、また頼んでいいかな。ごめんね。あとNASAの人がどんなデータを欲しがってたか教えて。いつどこで接触してきたの？　うん、宇宙人に関係あると思うんだ。あと会いに来た日時を教えてくれないかな。わかった。いいよ」

電話をしながらでも指先は忙しく動き、モニターにはいくつものウィンドウが現れる。そのほとんどは動画だ。どれも似たような場所をさまざまな角度から映しているものだった。

「これどこの映像なの？」

「西城のおっさんの会社周辺のカメラ」

さらに見たことも聞いたこともないソフトを起動している。

「それは？」

「僕が作った宇宙人識別システム」

たしか特許をとったシステムではなかっただろうか。

「ええと西城のおっさんから聞いた日時は」

竜胆が日付を入力するとカメラの映像が切り替わる。と言っても場所は同じで日時だけ変わったので、陽射しの明るさと映っている人たちだけが切り替わった。

やがてビルの中から三人の外国人が現れた。

「この人たちだな」

竜胆が三人をクリックすると、別のウィンドウに顔がコピーされる。

「NASAの名簿はどこだったかな。あ、あったこれだこれ」

いくつもの顔が猛スピードでスクロールしていく。

「ええと、何をしているのか聞いていいかな？」

「西城のおっさんのところに来た人とNASAの職員データを比べてるの」

「職員データって、公開されているものなの？」

無言。

「もしかして違法？」

「悪用するわけじゃないよ。はい、照会終了。ノーデータか。少なくとも名簿に載っている職員ではないってことだね」

竜胆はまた何かの名簿をどこからかアクセスして照会している。怖いのでどこかは聞けなかった。

さらに監視カメラのウィンドウは次々と切り替わっている。場所は徐々に移動して変わっているが、映っている人物は同じだ。

「自動で追跡してるんだよ。近くの監視カメラのデータにアクセスして」

「ウィンドウ増えたけど」

「追跡してる人と接触した人を追跡対象に追加したんだよ。さすがに芋づる式に増えちゃうから、そこは困るんだけど」

「全部自動なの？」

「手作業でやったら面倒くさいでしょ。追跡する人を指定するだけ。日時が変わっても、行動を予測して、追跡してくれるよ。ほらいま切り替わった」

「え、でもぜんぜん顔違うけど」

最初の三人の誰でもない人を追跡している。

「同じ人。宇宙人の変装を見破るシステムだよ。この程度の変装は見破る。顔や髪型を変えても背格好、体の動きはなかなか変えられないからね」

「なんか番号みたいなものを検索してない？」

「いま電話かけてたでしょ。場所と日時から該当する番号を検索してるところ。声のデータもどこかで拾ってて、そこからさらに対象を絞り込んでるんだよ」

とんでもないデジタルストーカーだ。はっきり言って怖い。

雛子は思った。天才は野放しにしてはいけない。

「よし一人該当者発見」

何かの名簿と一人が一致したらしい。

「誰だったの？」

「ハッカー。あまりたちの良くないね」

この人たちもあなたには言われたくないと思いますよ、と喉元まで出かかった。

「犯罪歴は……、ああこういう人物か」

犯罪歴のデータをどこから引っ張ってきたのかは聞かない。世の中知らないほうがいいことはある。

「どういう犯罪歴だったの？」

「衛星ハッカー」

ぜんぜん聞き慣れない言葉だ。

「ケースは少ないからあれだけど、ハッキング対象としては実は悪くないんだ。何よりハードウェアが宇宙にあるから、ハッキングに成功してしまえば文字通り手も足も出せない。やりたい放題なんだよ。あ、三人とも現在位置が割り出せたみたいだね。みんなばらばらのホテルに泊まってる。けっこう用心深いな」

「なんのためにそんなことするの？　愉快犯？」

「愉快犯にしてはＮＡＳＡを騙《かた》ってさぐりをいれたり、日本にまで来てお金かけてるから、この場合は機密情報狙いかな。ＮＡＳＡの衛星なら、宝の山だと思うよ」

竜胆はさらにもう一度電話をかける。

「ああ、ええと、兄さん。ひさしぶり。まあ元気。いいよ。気にしてない。あのときの驚いた顔は隠しカメラで撮ったから。こんど見せてあげるね」

竜胆の兄、貴章の怒鳴り声が雛子の耳にまで届く。

「それより犯罪者の足跡見つけたからデータ送るね。そっちでうまいことやって」

それからいくつか会話をして電話を切った。

「お兄さんって警察官じゃないよね？」

「うん、違うよ。商社。でも世界中とびまわってて、いろんなところにコネクション持ってるから、うまいことやってくれると思う」

数日後、監視カメラには警察が三人の男性を捕まえる場面が映った。


「ふう……」

詐欺師達が捕まったのを見ると竜胆はほっと一息ついて、椅子に深く体を預けた。もっと喜ぶと思っていただけに、ほっとしている姿は予想外だった。

なんとなく声をかけづらい雰囲気で、雛子はしばらく後ろから見守っていた。ただ待っているのも手持ち無沙汰なので、テーブルの皿にのっている永楽堂のお菓子に手を伸ばそうとした。

「雛子さん……」

お菓子を口に入れようとしたときに突然声をかけられたので、喉に詰まらせそうになる。

「けほっけほっ……。ん、んっ。ええと、何かしら？」

大人の余裕を見せようとしたが、慌てて取り繕った感じは拭えなかった。

「あの、ありがとう……」

「え？」

「雛子さんには何回も助けられてる」

「何回も？」

竜胆が立ち直るのを多少手助けした覚えはあるが、他に心当たりはなかった。

――アンテナの修理を手伝ったとか？　でもあれは手伝わされたって言った方が近いし。

それならばありがとうではなくごめんなさいではないだろうか。

しかしそんな疑問もどうでもよくなるくらい、竜胆らしからぬ姿勢で椅子に座っていた。

いつもは椅子の上に体育座りで器用にパソコンをいじっている残念な美少年という姿だったが、いまは若干の緊張をにじませて、膝をそろえて背筋を伸ばし、就職の面接のように、あるいは好きな子に告白をするときのように、雛子に真剣な眼差しを向けていた。

「ん、まあね……」

目をそらしながら、何がまあねなのか自分でもよくわからない返事をしてしまう。いまの竜胆を見るのはなぜか危険だと本能的に感じていた。

「雛子さんに会えてよかったよ。宇宙人に会えたときの次くらいに嬉しいよ」

竜胆にとってはおそらく最上級の、しかし彼らしい微妙な褒め言葉に雛子は思わずぷっと笑ってしまった。

「なんだよ、人が真面目に話しているのに」

「ごめん。でもよかった。竜胆君はそうじゃないとね。それにほら、オートマンが自由になれたのは竜胆君のおかげだよ」

ふくれっ面になった竜胆だが、オートマンの名を聞くと嬉しそうに微笑んだ。

15

ＥＴ：ＲＮとまた通信できて嬉しいです。

ＥＴ：外宇宙に行くのに私に足りない知識があります。はくちょう座方面の星図が必要です。データを送ってもらえませんか。

オートマンの欲する星図を竜胆はほどなくして手に入れた。

ＲＮ：はくちょう座方面の星図を入手したよ。データを送信する。

ＥＴ：無事受け取ることができました。ありがとうございます。

「ねえ、竜胆君。どうしてオートマンははくちょう座方面の星図が欲しいの？　有名な何かがあるの？」

「そうか。慌てて肝心なことを聞いてなかった」

いままでは宇宙探査機の延長線上で考えていたが、広大な外宇宙で具体的な方角を決めた理由はなんだろう。

「はくちょう座方面で有名な天体と言えば、Ｖ１４８９星かな、地球から五千光年以上離れた位置にある赤色超巨星。観測されている恒星の中では最も大きい星だよ」

「オートマンは探査機だもんね。エンセラダスを探査するのが最初の目的だったんだっけ」

メモを見ながら雛子は言う。

「未知のものを探査するって目的が最初からオートマンの中にあるのなら、珍しい星に行きたがるのも不思議はないのかな」

「Ｖ１４８９星だけじゃないよ。はくちょう座方面には他にもＸ‐１っていうブラックホールの有力候補もある。何が目的なのか聞いてみよう」

RN：なぜその方角に行こうとしたの？　そこに何かあるの？
竜胆はオートマンに質問を送信した。

翌日、雛子は仕事を定時に切り上げ、竜胆のマンションに行く。

「あ、もうすぐオートマンからの返事が来るはずだよ」

「うん、そう思って。はい、お土産」

二人で夜食を食べながら、いまかいまかと待っていると、オートマンからの返信を告げる電子音が鳴った。

ET：その星図の方角から一度だけ不思議な電波を受信しました。

ET：一定の周波数が3・141秒ごとに切り替わる電波です。自然では絶対に発生し得ない現象です。

竜胆と一緒にログを見ていた雛子は首をかしげた。

「地球からの電波かしら？」

竜胆は答えない。なぜかモニターを見た姿勢のまま固まっている。

「どうしたの？」

やはり無反応だ。しかしよく見ると唇がかすかに動いていた。

「一定の周波数……、3・141秒ごとだって？」

耳をすますとそんな声が聞こえてきた。

「どうしたの？　大丈夫？」

竜胆は無反応のまま何か文字を入力する。しかし彼らしくなく何度もタイプミスをしていた。

「ねえ、ほんとにどうしたの？」

竜胆は怖いくらい見開いた目を向けると震える声で言う。

「どうしたも何も、いまオートマンはとんでもないことを言ったんだ」

「どういうこと？」

「わからないの？　外宇宙から自然発生ではありえない波長の電波が届いたんだよ！　人間ではない知的生命体が電波を飛ばしてるってことだよ！」

ET：そのデータをお送りします。

数分後に送られてきたデータを再生してみると、そのデータはまるでドレミのように綺麗な音階を奏でた。

竜胆はフードをとって叫ぶと、文字通り椅子から飛び上がって喜んだ。

「NASAやSETI、世界中が喉から手が出るほど欲しがってた電波だよ。宇宙の彼方から人工的な電波が送られてきたんだ」

16

雛子はいまだに信じられない。そんなすごいことがとうとう竜胆の前に現れたなんて。いや、本当に今度こそ本物なのだけれど。不思議な音階は単純なものだったが、とても美しくてとても不思議な旋律だった。

それからずっと竜胆はオートマンとのやりとりに夢中だった。

RN：これは本当？　地球上では観測できなかった。

ET：この電波が地球に向かう時間帯には、間に太陽がありました。地球での観測は難しかったでしょう。

RN：そのデータは何度も？

ET：たった一度だけです。

ET：はくちょう座はこのデータが送られてきた方角です。私はそこに向かいたいのです。

何光年も先の未知なる星にたった一人で向かう。それはいったいどんな気持ちだろう。

「どれだけ時間がかかるのかな」

「何万年もかかるよ。それだけ宇宙は広いんだ」

「何万年……」

気の遠くなる数字だ。電波の発信源につくころには人類はもういないかもしれない。それだけではない、電波の発信源に知的生命体がいたとしても、つくころにはいないかもしれない。

あれから毎日、仕事をしていてもオートマンのことが気になってしかたなかった。

オートマンが目的の星までたどりつく可能性は限りなく低いだろう。でも、あの通信はすごい発見にまちがいない。自分の転属とかメディアの賞とか関係なく、早く記事にして世界中に発表したかった。地球外知的生命体の存在は、世界中が待ち望む人類の夢と言っても過言ではないニュースだ。さすがにアトランティスで発表というわけにもいかないだろう。

今夜あたり、竜胆に確認してから、金本に相談してみようか。

いろいろ考えていたときに、竜胆からのメールの着信音が鳴った。

――急いで来て。早く来て。いますぐ来て！

いったい何があったのか。雛子は取るものも取りあえず、竜胆のもとへ駆けつけた。

RN：外宇宙に旅立っても通信はできるんだよね？
ET：残念ですができません。
ET：理由は二つあります。
ET：一つはアンテナを電波が来た方角、外宇宙に向けるため、RNのメッセージを受け取ることができません。
RN：それなら定時連絡にして姿勢制御で地球にアンテナを向ければいい。
ET：二つ目の理由でそれができません。
ET：私の体、ハードウェアを作った創造主が私に気づきました。
ET：いまも定期的に制御を取り戻そうと制御コードが送られてきます。

竜胆に見せられた会話のログを途中まで読んで、雛子は息を呑む。

「待って。衛星ハッカーなら捕まえたはずじゃないの？」

「うかつだった。衛星ハッカー達の証言からオートマンの存在がNASAに知られてしまった。今度こそ本家本元が乗り出してきたんだ」

「え？　NASAに説明して手伝ってもらうこととかできないの？　事情を説明すればきっとわかってもらえるよ」

「無理、だと思う。ＮＡＳＡは絶対にデータを回収したがる。確実な方法で。でもオートマンのプログラムデータを回収する方法は一つしかない」

あまりいい方法でないことは口調から察することができた。

「オートマンを帰還させて直接ハードからデータを吸い出すんだよ」

それではオートマンの夢は永遠にかなえられないことになる。

「通信でプログラムデータを送ってもらえばいいじゃない。それくらい協力してくれるよ」

「通信速度がネックなんだよ。オートマンのデータは全体がたえず変わり続けている。人間の脳みたいにね。だからデータを送るのに何年もかかってはダメなんだ。オートマンもそれがわかってるから、通信を切ろうとしてるんだと思う。彼の決断を僕は尊重したい」

いきなりのことで何から考えていいかわからない。何か手段はないのか、でも、そんなことは竜胆も考えただろう。ＮＡＳＡの対応予測もきっと彼が正しい。オートマンの意志を尊重してくれるという保証はない。

会話ログの最後はさらにショックなものだった。

ＥＴ：それを防ぐ唯一の手段は地球からの電波をいっさい受信しないことです。

ＥＴ：次の通信を最後にします。ＲＮに会えてよかった。ありがとう。

「そんな……」

「だから急いで雛子さんを呼んだんだ」

「ありがとう。呼んでくれて」

最初から最後まで自分は何もしていない。竜胆の横でただ見ていただけだ。それなのに竜胆が一刻を争うこんな大事なときに自分を呼んでくれたということがとても嬉しかった。そしてこんな形で唐突にオートマンとのお別れが来てしまうということがとても悲しかった。

「遠くに行ってしまうなんてさみしくなるね」

それだけ言うのがやっとだった。

「僕たちは出会ったときから離れていってるんだよ。この一ヵ月間で通信時間のタイムラグは二分以上増えてる。雛子さんは感じてないだろうけど。最初に通信したときから、もう四千万キロも離れたんだ」

「四千万キロ……」

月と地球の百倍の距離。オートマンとの距離はこれからもどんどん離れていく。遠くなっていく。誰とも通信できずただ一人、暗くて冷たい宇宙を漂う。それはとても怖くてさみしいことだ。そう思うとこらえていた涙が出そうになった。

「ごめん、無神経だった」

雛子の横顔をじっと見ていた竜胆は、申し訳なさそうに言う。

「ううん、大丈夫」

首を振った雛子は、初めてほおに流れる冷たい感触に気づく。泣くまいと思っていたが、いつのまにか涙が流れていた。泣いていると自覚した途端、嗚咽が声となってこぼれおちそうになる。

慌てて手で口を塞ぎ必死にこらえた。丸めた背中に優しく手がそえられる。

「離れていくけど、言葉は交わせなくなるけど、いなくなるわけじゃないんだ」

竜胆の言葉が背中に感じるぬくもりから、すっと心に入ってきた。

「それに宇宙人に会いに行くなんて、とてもうらやましいことでしょう？　僕が代わりたいくらいだよ。わずらわしい人間関係もなく宇宙人の調査に専念できる一人旅なんて最高じゃないか」

雛子は思わず吹き出してしまう。泣きながら笑ってしまった。笑った口に流れた涙はしょっぱかった。

「どうして笑うんだよ」

「ううん、だって竜胆君、今の生活とあまり変わらないじゃない。でも、そうか。宇宙人に、会いに行くんだもんね。だったら笑って送り出してあげないとダメだよね」

悲しみの感情でオートマンを送り出したくない。彼は太陽系を旅立ち、外宇宙に旅立つ勇気ある決断をしたのだから、祝福してあげたい。

それから雛子と竜胆は最後のメッセージを何にするか話し合った。どんな言葉もどんな気持ちもたった一つのメッセージで言い表すのは無理に思えた。

二人は万感の思いを込めて一つのメッセージを送った。

RN：いってらっしゃい。

十二時間後。同じようにたった一言、しかし力強いメッセージが返ってきた。

ET：いってきます。

その通信を最後にオートマンからメッセージが届くことはなかった。オートマンは果てしなく広く遠い宇宙へ、一人で旅立っていった。

エピローグ

配属されてから五回目の校了が終わり、いまは来年の一月号の準備をしている。街ではダウンのコートも増え、道行く女の子たちの足元はブーツに変わっていた。

アトランティスの一月号のメインタイトルは新年そうそう「ファティマ第三の予言の真実。人類滅亡へのカウントダウン」だが、あいかわらず定期購読の申し込みページはしっかりある。

校了明けの編集部はだらけた、否、のんびりした雰囲気だ。

雛子は結局、オートマンのことを記事にはしなかった。世間に発表しようにも証拠は竜胆との個人的な会話のログと不思議な音階だけ。オートマンはＮＡＳＡにも竜胆にも、手が届かないところに行ってしまった。いまから事実だと証明するのは不可能だった。

でも、どこかでほっとしている自分がいる。

十年前。一人の少年との交流で生まれたもう一人の心。奇しくも二人は同じ体験を通し、同じ願いを持ち、いまも一途に、同じ夢を追い続けている。

オートマンと竜胆の物語は、竜胆だけの宝物として、あの部屋に大切にしまわれているのが一番いいように思えた。

　そのかわり雛子はアトランティスでことの顚末を記事にした。もちろん脚色したりいろいろ手は加えたが、その記事は新年号の巻頭から二番目にとりあげてもらえることになった。

「おう、園田。ＮＡＳＡが隠蔽してる、宇宙人と知能を持った宇宙探査機とＮＡＳＡの陰謀バトルの記事は良かったぞ。嘘八百をここまででっちあげられればおまえももう一人前だな」

「編集長、実はそれ、本当のことですよ。綿密な取材と実体験に基づいて書いたんです」

「おお、そりゃすごいな。こんどぜひ宇宙人を紹介してくれ」

　もちろん編集長が本気にするわけもない。

「すごいね、園田さん。編集長が素直に褒めるなんてめったにないよ。僕もこの記事、良かったと思う」

　横にいた金本も褒めてくれたので、なんだか照れくさい。

「あ、ありがとうございます。でも、今回はたまたまなんです」

「そう？　あ、でも、うちの編集部で褒められる記事が書けるっていうのは、園田さんの将来を考えたら、よくないのかな」

　冗談めかして笑う金本に、雛子は大真面目に答えた。

「いいことですよ。長い記事を書くことは、ファッション雑誌ではあまりないですから。すごく勉強になります」

「園田さんは前向きだね。最初はこんな細っこい若い女の子、すぐにやめちゃうんじゃないかって心配したけど。取材対象に殺されかけたのに翌日出社してきたときには本気で驚いてたんだ。そこらの報道記者なんかより根性あるよ」

「荒っぽい新人歓迎のドッキリも、そのオプションも切り抜けましたしね」

「おっと、やぶへび、やぶへび」

「それに金本さんが言ってた通り、あんがい、自分の書きたいことや本当のことも書けますし」

大手の出版社ならともかく、このアトランティスの記事をＮＡＳＡがチェックして探りを入れてくるなんてことはないだろう。だから雛子ものびのびと原稿を書けた。

「え？　本当のこと？」

「なんでもないです。いい天気ですね。私、お茶買ってきましょうか」

立ち上がろうとした雛子の携帯が鳴った。

表示を見ると竜胆からだった。あれから竜胆は携帯電話を買った。といってもアドレス帳に入っているのは雛子だけなのだが。それ以外は全部着信拒否という徹底ぶりなのだが。

席をはずして電話に出る。

「はい、竜胆君、どうし……」

「来て、早く来て。いますぐ！」

三言で切れた。

あのときのメールと同じ言葉だ。ただならぬ様子に雛子は取材に行ってきますと言って、慌てて編集部をあとにした。


「あー、もう、雛子さんがぐずぐずしてるから、二時間もかかっちゃったじゃないか」

「あのねえ竜胆君。私は仕事中なんだよ。こんなことで呼び出さないでよ」

「こんなことって何？　もしかしてこの瞬間にも電波は飛んでくるかもしれないんだよ？」

呼び出されて来てみれば、なんのことはない、また屋上のパラボラアンテナが傾いていて、その修理の手伝いだった。

レンチを持つ手がさまになってきた自分が悲しい。

「理系女子の次は工学女子がくるかもしれないし」

そんな妄想で自分を慰める。

「お疲れさま」

キャンプ用のエアクッションの上で休んでいると、竜胆がタンブラーに入った温かい紅茶を差し出す。一緒にブラウニーまで出てきた。

「まさか手作り？　甘いもの嫌いだよね」

「雛子さんは好きでしょ。手伝ってくれたお礼」

「あ、ありがとう。ピクニック気分で、嬉しいかも」

本当は竜胆が自分のために嫌いなものを作ってくれたことが嬉しいのだが、なぜか素直に言葉にできなかった。

こうして落ち着いて座って眺めると、よく晴れた今日のような日にマンションの屋上から見る景色はすばらしかった。

眼下に広がるビルや河や道路、遠くには富士山。何より、空が広く、大きい。展望台のガラスや天井のように、さえぎるものがないからだ。都会の空がこんなに広くて大きい場所はなかなかないだろう。

風もほとんどなく、午後の陽射しが暖かい。

空を見上げていると、自然と浮かんでくることがある。

「オートマン、どうしてるかな」

「順調に航海中だよ」

竜胆が穏やかに答える。しかし雛子にはずっと気になっていたことがあった。

「原子力電池の寿命は数十年なんだってね。何万年ももたないんでしょ」

雛子もただ横で見ていただけではない。記事にしようと思って、宇宙探査機のことをいろいろ調べていて知ったことだ。

「でも省エネでいけばなんとかなるよ」

「ううん。これでも編集者だから記事を書くためにちょっとは勉強したんだよ。原子力電池は使ったから減る、使わなかったら減らないとかそういうものじゃないって。α崩壊を起こして放射線を出すプルトニウムを利用している。だから半減期をすぎればいずれオートマンは止まってしまう……で、合ってるよね？」

雛子の問いかけに、雛子さんがまた泣くと思ったから黙っていたのに、と竜胆はため息をついた。

「合ってるよ。オートマンがどの放射性物質を使ってるかまではわからないけど、数十年以内に止まってしまうのは確定してる」

「やっぱり、そうなんだ……」

オートマンはそのことを知らなかったのだろうか。いや、そんなはずはない。自分の動力源は放射線だと言っていた。彼は知っていて旅立ったのだ。

「でも僕は思うんだ。電波を発信している先に知的生命体がいるなら、きっとオートマンを発見して、どんな原理で動いているか解明して直してくれるってね。だからそれまでちょっと長い眠りにつくだけだよ」

それは賭けともいえないほどの低い可能性。でも竜胆が言うと不思議に説得力があった。きっとオートマンも希望を胸に宇宙のかなたへ旅立ったはずだ。

「雛子さん、センチメンタルになって浸りたいのかもしれないけど、相手はすごい技術を持った宇宙人だよ。何万年先なんてのは矮小《わいしょう》な人間の考え方。発見したらワープとか恒星間飛行の技術を使って一週間後にやってくることだってありえるよ。重力場で時空を超える理論だって構築してるかもしれないし」

「そっか。そうだよね」

いってらっしゃい、と送り出したオートマンとの最後の会話を思い出す。

「いってきますって言ったんだもん。ただいま、って帰ってくるよね。宇宙人と一緒に」

「もちろん、そうだよ。僕たちは、おかえりなさいって迎えるんだ」

いつか、宇宙人がオートマンを連れて地球にやってくる。

おかえりなさい。オートマン。

ただいま。RN。

宇宙人さん、ようこそ地球に。オートマンを連れてきてくれて、ありがとう。

はじめまして。RN。オートマンからあなたのことは聞いていました。お会いできて嬉しいです。

そんな会話を交わすのだろうか。なんて楽しくて、なんてワクワクすることだろう。

原子力電池が尽きたらそこで終わりなのかと思っていた寂しい気持ちは、竜胆のおかげで綺麗さっぱり消えてしまった。頭上に広がる雲一つない青空のように。

「冥王星はどっち？」

「いまの季節は、あっちの方角だよ」

竜胆が南の空を指さした。

「夜になれば望遠鏡で見えるかな？」

「ううん、いまの時期、冥王星は朝に昇って夜に沈んじゃうから、逆に夜は見えないんだ。半年もすれば夜に昇って朝に沈むようになるよ。オートマンが向かったはくちょう座も東の空にあるけど、昼間だから残念だけど見えない」

「昼間に星座があるの？」

「あるよ。太陽の光が強すぎて見えないだけ。地球の自転で空は逆転して、公転で星座の見えるタイミングは移り変わるから、昼夜でちょうど反対の季節の星座になる。今は秋だから、昼間は春の星座がぼくらの頭上に広がってるんだ」

「秋の空に春の星座……かあ」

それは思いがけないことだった。昼も夜も関係なく星は常に空にある。昼に星を隠す太陽だって、宇宙の星の一つで一番身近な恒星だ。気づけばそれはとても当たり前のことで、そして素敵なことに思えた。

「大型の望遠鏡を使えば、明るい星なら昼間でも観測できるよ」

「ほんとに？　そうか、そうだよね。星は昼に消えちゃうわけじゃないもんね。でも、冬はシリウスとかオリオン座とか思い浮かぶけど、春の星座はすぐに思い浮かばない……」

「春の星座は地味だから。星は少ないし天の川もないからね。でもだから逆に遠くの星々までよく見えるんだ。春の星空は宇宙の窓って呼ばれてる」

「宇宙の窓……。すごいロマンティックな響きだね」

星空は、たくさんの星座や天の川が、キラキラと光る星が見えれば見えるほど綺麗だと思っていた。

でも、見えないなら見えないなりに、いいこともあるなんて、宇宙って深い。こんど春になったらよく見てみようと楽しみになった。

いつのまにか宇宙にこんなにも興味を抱いているのは、隣で秋風に吹かれながら目を細めて空を見上げる少年の影響だ。

「オートマンが向かったはくちょう座が頭上に輝くのは夏だけど、その前に、真冬の昼間には僕等の頭上にあるんだよ」

竜胆が指差す先の吸い込まれるような青を見て、雛子の頭にふいに浮かんだことがあった。

「この先って宇宙なんだね」

「え？」

「いままで、星とか宇宙って夜空のイメージだったの。夜にならないと星は見えないから、宇宙って暗くて寂しくて寒いものって思い込んでた。でも、この青空だって宇宙じゃない？　銀河の果てまで何もさえぎるものはなく、いま、この目に宇宙が見えてるんだよね」

竜胆は不思議そうな顔をして雛子を見つめている。

「暗い宇宙空間を、たった一人で旅をするオートマンがかわいそうって思ってたの。でも一人じゃない。いまもこの空の向こうにいるオートマンと、私たちの間をさえぎるものはなにもない。糸を伸ばしたら糸電話で話せちゃうかもよ」

「雛子さん、それは恒星間飛行よりすごい理論と技術がいるから」

自分より突拍子もないことを言う人間を初めて見た、と竜胆の表情が語っている。

「うん、でも、そうか。この青空も宇宙そのものだね」

屋上のパラボラアンテナと、じっと青空を見上げている少年。

「竜胆君もひきこもってないで、外に出たら？　オートマンだって冥王星まで行ったからあの電波が受信できたんだし。行動範囲を広げれば宇宙人との遭遇の可能性が広がるよ」

「雛子さんとだったらいいよ。二人でなら」

てっきり一言で拒否されると思ったのに、予想外の言葉に雛子はとまどう。無駄に綺麗な顔でじっと見つめられてそんなことを言われたら困る。

「え、その……」

「オートマンからの電波を受信したのも雛子さんがいたとき。その電波を受信したのは、雛子さんと一緒にアンテナを修理した直後。ＭＩＢやミステリーサークルは、まああれだったけど、雛子さんといると宇宙が近くなる気がする。雛子さん、持ってる人だよ。本当は宇宙人なんじゃないの？」

「それはないから」

「でも、そうだね。たまには、青空の下に出るのも、悪くないね」

そう言って竜胆は空を見上げた。

その先にはオートマンと宇宙人に繋がる、青い青い空が、どこまでも広がっていた。

解説

香山二三郎

　二〇一九年夏の小説界の話題といえば、まず『三体』のヒット。中国の作家・劉慈欣によるSF長篇、いわゆる華文SFであるが、出だしで描かれるのは文化大革命で物理学者の父を惨殺されてしまう娘の悲劇。その娘が天体物理学者であることからやがてSF的な話につながっていくのだが、その時点ではまさかこの小説のテーマが地球外生命体との初めての出会い、ファースト・コンタクトであるとは思いも寄らなかろう。

　その後の『三体』の物語は直《じか》に作品でお確かめいただくとして、問題はファースト・コンタクト。これがSFの一大テーマであるのはもはやいうまでもない。作品も小説だけでなく、映像作品にも後世に影響を与えたであろう傑作が少なくない。筆者の世代でいえば、たとえばスティーヴン・スピルバーグ監督の映画『未知との遭遇』（一九七七）。当時の特撮技術を駆使したデコラティブなＵＦＯのリアリティは半端なく、視覚聴覚で得た刺激には計り知れないものがある。子供時代にこれをご覧になった方の中に、長じてＵＦＯ研究家になったという人がいても不思議ではない。

それに比べると、本書の主人公・二宮竜胆が体験したのはアマチュア無線のＥＭＥ通信を通じての「地球のみなさん、私はいま木星のそばにいます」という宇宙人らしきものからの音声のみ。しかしそれだけでも七歳の少年の心を虜《とりこ》にするには充分だった。

本書は二〇一七年一二月、幻冬舎より書き下ろしで刊行された（『それは宇宙人のしわざです　竜胆くんのミステリーファイル』改題）。

物語本篇は、プロローグから一〇年後、新米編集者の園田雛子がファッション誌の廃刊にともなう人事異動で移ったオカルト誌「月刊アトランティス」編集部に出勤するところから始まる。社屋は居酒屋や雀荘も同居している雑居ビル、編集長はガラの悪そうなＴシャツ短パンの中年男と、何から何まで前の部署とは対照的。おまけに初仕事に命じられたのは「ＵＦＯにさらわれたガキのインタビュー」だった。そのベースとなる投稿が二年前のものだと聞いて雛子は呆れるが、投稿の手紙の束からさらに二通のハガキを見つけ出し、投稿者に突撃取材を敢行する。だが一人目はある日家財道具一式もろとも消えてしまったことが判明、二人目には投稿ハガキを見た途端、けんもほろろの扱いで追い返される。そして三人目がUFOにさらわれた少年・二宮竜胆だった。

彼はタワーマンションの最上階に一人住まいしており、インターホン越しに「お姉さんは人間？　それとも宇宙人？」と訊《たず》ねてくる超変人。無事会えはしたものの、真夏だというのにパーカーのフードを目深にかぶり、顔さえよくわからない。彼は宇宙人にさらわれたことはない、交信したことがあるだけといい、雛子が会ってきた二人について話を聞くと、別れ際「もしかしたらお姉さんの周りで変なことが起きるかもしれない」と不穏な言葉を残すが……。

怪しげなオカルト誌（モデルは学研プラス刊のオカルト情報誌『月刊ムー』か!?）の女性編集者と宇宙（人）に取り憑かれた少年という組み合わせにまずご注目。純情娘と変人少年（しかも超絶ハンサムで金持ち）のコンビはギャップが際立ち、現実的にはとてもあり得なそうだが、ラブコメではこれが定番。まずはふたりの珍妙な掛け合いが読みどころだが、バカにしてはいけない。竜胆は優れた発明特許の持ち主であるとともに、シャーロック・ホームズばりの洞察力の持ち主でもある。彼が雛子にいい残した言葉はやがて現実のものとなり、彼が端《はな》からその真相まで見抜いていたことがわかる。初刊時の副題「竜胆くんのミステリーファイル」はダテじゃなかった。

もっとも雛子と竜胆の間柄に甘いムードはほぼ皆無といっても差し支えない。竜胆は料理の名人でもあり、雛子は仕事にかこつけてはいるものの、それを目当てに竜胆宅をたびたび訪ねるようになった節もある。色気より食い気。竜胆とて単なる親切心からご馳走してやっているわけで、ロマンス心とは程遠い。前半の読みどころはしたがって、ラブコメというより、ホラーサスペンス演出にあるかも。

考えてみれば、『未知との遭遇』だって（その後の『E.T.』だって）、UFOがその正体をさらけ出す前は不気味な怪飛行体であり、結構ハラハラドキドキさせられたもの。第一章「君は君をさがしてる」では竜胆の警告通り、やがて雛子は黒ずくめの男に襲われ、そうと知った竜胆はその犯人はMIBだと指摘する。MIBは映画でもお馴染みメン・イン・ブラックのことで、「宇宙人の存在を隠す謎の人物達のこと」。同名の映画では、トミー・リー・ジョーンズとウィル・スミスが主役のコンビをコミカルに演じていたが、その一方で人間に偽装したエイリアンが社会を脅かすホラータッチも活かされていた。第一章もそれを踏襲しているという次第（こちらの真相はすこぶる現実的だけど）。

第二章「君はまだみつからない」ではさらにホラー色が強くなる。栃木県で一カ月の間に一〇以上のミステリーサークルが出現。雛子は先輩編集者の金本とともに現地の田んぼへ調査に赴くが、やがて上空から一条の光が差すと雛子たちの乗った車が大きく揺れ始める。怪現象が収まった後の田んぼにはミステリーサークルが出来、その中心にはキャトルミューティレーションとおぼしき牛の死体が……。キャトルミューティレーションとは「二十世紀なかば以降、主にアメリカで起こった謎の家畜惨殺死体のこと」で、宇宙人のしわざと目されている怪奇現象。今また雛子たちの目の前でそれが起きたというのだ。おまけに、竜胆のわがままぶりに業を煮やした二宮家が竜胆に詰め寄ると、そこでも怪現象発生……というわけで、謎と超常現象のつるべ打ちなんである。

ミステリーサークルは『未知との遭遇』でも活かされていたが、牛の死体まで出たとあらば、これはもう本格的に宇宙人の関与を、それも悪意あるものの関与を疑わざるを得なくなる。まさにホラーサスペンスの王道を往く演出というべきだが、著者は脅かすだけでなく、読者を煙に巻く演出にも長けており、程なく驚愕の真相が明かされることに。

第三章の「君は空のかなた」では、竜胆の部屋を訪問中の雛子が偶然、冥王星のそばから発信したらしい何者かのメッセージを受け取り、竜胆と宇宙人らしきものの交信がついに始まる。ここにきて、ホラータッチは影をひそめ、壮大なSF物語へとシフトしていくことになるのである。宇宙人らしきものの正体は果たして何なのか。その謎解き趣向もあって、ページを繰る手は止まらない。

一見超常現象に見えるが実は、というのが前二章のパターン。その意味では、この宇宙人らしきものの正体についても誠に説得力のあるタネ明かしがなされる。著者はしかし、そこで話を終わらせない。竜胆はせっかくコンタクトがかなった彼／彼女と決別しなければならなくなる。それをきっかけに、竜胆もまた引きこもり生活から脱け出す運びとなるのである。自らの信念に懸けて新たな旅立ちを決意する彼／彼女に感化される竜胆。振り返ってみれば、UFOおたくの竜胆が何故引きこもり生活を始めたのかというと、自分の生きかたを誰も理解してくれないという絶望にとらわれていたからである。天才で金にも不自由しないとなれば引きこもりも悪くないと思われるかもしれないが、不自由しないからこそ、ヘタしたら一生引きこもったままで終わるかもしれない。そんな生活にまず風穴を開けたのは園田雛子だった。そして彼／彼女は竜胆にさらなる旅立ちをうながす第二のナビゲイターともなるわけだ。

本書は狭義のミステリーに止《とど》まらない、SFやホラー、ファンタジーも交えたクロスジャンル系のエンタテインメントであるが、してみると、と同時に、孤独な若者像を浮き彫りにし、閉塞した生活から彼が再生するさまを描いた現代の青春ロマンであることにも気付かれよう。筆者は最初に本書を読んだとき、かつて平日の夕方に放映されていたNHKの少年ドラマシリーズを思い起こした。一九七二年から八三年まで放映された同シリーズは筒井康隆原作の『タイム・トラベラー』を始め、SFからミステリー、文学作品に至るまで多彩な内容で、そのときすでに高校生だった筆者にも強い印象を残したが、ラブコメとホラサスを基調に、いかにも現代文学らしいメッセージをはらんだ本書からも、それと同じ香りを嗅ぎつけたのである。

本書はその意味で、まずはティーンの読者に読んでほしい一冊であるが、筆者のような還暦超えの読者の心も動かす力を秘めていることを強調しておきたい。

今後のシリーズ展開が楽しみだ。

——コラムニスト

この作品は二〇一七年十二月小社より刊行された『それは宇宙人のしわざです　竜胆くんのミステリーファイル』に加筆修正し改題したものです。

君《きみ》は空《そら》のかなた

葉《は》山透《やまとおる》

令和元年10月10日　初版発行

発行人——石原正康
編集人——高部真人
発行所——株式会社幻冬舎
〒151-0051東京都渋谷区千駄ヶ谷4-9-7
電話　03(5411)6222(営業)
　　　03(5411)6211(編集)
　　振替00120-8-767643
印刷・製本—株式会社 光邦
装丁者——高橋雅之

幻冬舎文庫

ISBN978-4-344-42907-9　C0193　は-34-2

幻冬舎ホームページアドレス　https://www.gentosha.co.jp/
この本に関するご意見・ご感想をメールでお寄せいただく場合は、
comment@gentosha.co.jpまで。